たまねぎとはちみつ

瀧羽麻子・作
今日マチ子・絵

偕成社

たまねぎとはちみつ

瀧羽麻子

装幀　山田武

春

SPRING

それは不思議な音だった。

立ちどまって、まわりを見まわしてみる。見慣《みな》れた通学路には誰《だれ》もいない。歩道の右側にはブロック塀《べい》がのび、顔をのぞかせている桜《さくら》の木から、ふわりふわりと花びらが舞《ま》い落《お》ちてくる。左には車道をはさんで、古ぼけたアパートが建っている。

ひよひよひよ、とどこかで鳥が鳴いている。似《に》てるけどちがう、と千春は思う。さっき聞こえてきた音は、もう少し低くて、鋭《するど》くて、くっきりと澄《す》んでいた。あんな音ははじめて聞いた。はじめてなのに、どういうわけか、なつかしいような感じもした。

もう一度、耳をすます。鳥のさえずりがやみ、かわりに、なあぁ、とまたちがう声がした。

見上げると、いつのまにか塀の上に猫《ねこ》がいた。赤い首輪をつけている。真っ白な毛なみにちなんで、ミルク、と千春と紗希《さき》は呼《よ》んでいる。本当の名前は知らない。千春たちと会うたびに、ごろごろとのどを鳴らして、ひとなつこく脚《あし》に体をすりつけてくる。猫が大好きな紗希に全身をなでまわされても、おとなしくしている。

でも今日は、ミルクは千春に目もくれなかった。するりと歩道へ飛《と》び降《お》り、塀に沿《そ》ってまっすぐ走り、角でさっと右に曲がる。

取り残された千春は、のろのろと歩き出した。紗希《さき》がいないから、ミルクはがっかりしたのかもしれない。

塾《じゅく》があるからいっしょに帰れない、と紗希は言ったのだった。これから毎週、月曜日と水曜日と金曜日は、学校が終わったら直接《ちょくせつ》塾にむかうらしい。中学受験を専門《せんもん》とする進学塾に、紗希は去年の夏休みから通いはじめた。放課後にまで勉強するなんて大変そうだとはじめ千春は同情《どうじょう》したけれど、授業《じゅぎょう》はおもしろく、ほかの学校の子と知りあえるのも楽しいという。

「ごめんね。千春、ひとりで大丈夫《だいじょうぶ》？」

「うん、大丈夫」

なるべく明るい声で、千春は答えた。いつかこんな日が来るだろうな、と覚悟《かくご》はしていた。本格的《ほんかくてき》に忙《いそが》しくなるのは六年生からかと思っていたから、五年生になってすぐというのは、ちょっと不意打ちだったけれども。

先ほどミルクが姿《すがた》を消した角にさしかかり、千春は再《ふたた》び足をとめた。また、あの音が聞こえた気がしたのだ。

右手には、細い小道がのびている。道というよりも、ブロック塀《べい》のすきま、という感じだ。おとながひとり、ぎりぎり通れるくらいの幅《はば》しかない。毎日のように前を行き来しているのに、これまでちっとも気づかなかった。

なにげなく奥《おく》をのぞいたら、数メートル先にミルクがいた。狭《せま》い道の真ん中に、通せんぼうするみたいに、ちょこんと座《すわ》っている。うす暗い中、真っ白な毛がぼうっと光を放っているように見える。

「ミルク！」

千春は呼《よ》んでみた。ミルクが目を細め、みいい、と返事をした。

なあんだ、と思わず笑いそうになった。ミルクは遊んでほしかったんだ。紗希《さき》に会えなくてすねたわけでも、千春を無視《むし》したわけでもなくて、追いかけっこのつもりだったのかもしれない。鳥の声に似《に》ていたさっきの音も、ひょっとしたらミルクだろうか。猫《ねこ》はたまに、想像《そうぞう》もつかないような、妙《みょう》な鳴き声を出すことがある。

「おいで」

しゃがんで手をさしのべた千春にむかって、ミルクはいたずらっぽく首をかしげてから、一歩後ずさった。

どうしようか、千春はつかのま迷《まよ》った。学校の行き帰りには、指定された通学路を使う決まりになっている。

知らない道は、危《あぶ》ないからだ。それから、知らないおとなも。先生もお母さんも、通学途中《とちゅう》はくれぐれも気をつけるように、しつこく言う。みんな心配しすぎだよね、と紗《さ》希《き》はおとなびた口ぶりで千春に耳打ちしてくる。そんなに何度も言わなくたって、わかってるって。あたしたち、もう小さい子どもじゃないんだから。

千春は腰《こし》を伸《の》ばし、肩越《かたご》しに背後《はいご》をうかがった。あいかわらず誰《だれ》も通らないのをたしかめ、前にむきなおる。ミルクはさっきと同じ位置で、千春をじっと見上げていた。それから、片方《かたほう》の前脚《まえあし》を上げ、まるで手招《てまね》きするみたいにちょいちょいと振《ふ》った。

ちょっとだけ。心の中で言《い》い訳《わけ》して、千春は足を踏《ふ》み出《だ》した。なぜか、紗希の声が耳によみがえっていた。千春、ひとりで大丈夫《だいじょうぶ》？

大丈夫。わたしは、ひとりでも大丈夫。

ミルクが満足そうにうなずいた、ように見えた。くるりとまわれ右して、路地の奥《おく》へと歩きはじめる。やっぱり追いかけっこがしたいらしい。

ブロック塀《べい》にはさまれた細い道は、歩きにくかった。むきだしの砂地《すなじ》はでこぼこしているし、ところどころに水たまりもできている。千春は足もとに注意しながら、すいすいと進んでいくミルクを追いかけた。

この道のことは、紗希《さき》も知らないはずだ。明日にでも教えてあげたら、びっくりするだろうか。

千春から紗希になにかを教えるなんて、ちょっとめずらしい。いつもは紗希のほうが、千春にあれこれ教えてくれる。幼稚園《ようちえん》のときからそうだった。尻《しり》ごみしている千春の手をひっぱって友だちの輪に加わり、さかあがりの練習に根気強くつきあい、学校の宿題でむずかしい問題があれば、丁寧《ていねい》に説明してくれた。紗希は運動も勉強もよくできる。

「本当に、助かるわ」

お母さんはよく、紗希のお母さんにそう言っている。

「うちの子はちょっとぼうっとしてるから。紗希ちゃんみたいにしっかりしたお友だちがいてくれて、よかった」

ぼうっとしてるわけじゃないんだけどな、と千春はひそかに思う。千春も千春なりに、考えてはいるのだ。ただ、考えているうちに時間が過《す》ぎて、口を開こうとしたときにはもう話が先に進んでしまっていることが、ときどきある。お母さんも紗希も、千春に比《くら》べてかなり早口だ。

小道のつきあたりは背《せ》の高いフェンスでさえぎられ、むこう側にもくもくと木が茂《しげ》っている。公園だろうか。遠目には行きどまりのように見えたけれど、近づいてみると左右に道が続いていた。

ミルクはどっちに曲がるかな。気を散らした拍子《ひょうし》に、千春は石につまずいた。前へつんのめり、ふらふらとよろめいて水たまりの縁《ふち》をかすり、正面のフェンスに両手をついた。

ふう、と大きく息を吐《は》いたところで、ぎくりとした。ひざのあたりがひんやりと冷たい。

おそるおそる、うつむいた。ふんわり広がった白いスカートの裾《すそ》に、茶色い水玉模様《みずたまもよう》が無残に飛び散っていた。

春休みの終わりに買ってもらったばかりのスカートだ。今朝、千春が学校に着ていこうとしたら、お母さんは顔を曇《くも》らせた。それはお出かけ用にと思ってたんだけど。白は汚《よご》れやすいし。

絶対《ぜったい》に汚さないから、と千春は必死に約束した。紗希《さき》と会うのはひさしぶりなので、家に誘《さそ》われるかもしれないと思ったのだ。紗希はかわいい服をたくさん持っている。お店でママと選びあいっこするんだ、と前に言っていた。

紗希はお母さんとすごく仲がいい。親子というより、年齢《ねんれい》の離《はな》れた姉妹か、友だちどうしみたいな感じがする。紗希はお母さんにむかって、うちの担任《たんにん》って頭固すぎ、と不平をこぼしたり、ママ最近ちょっと太ったよね、と平気でからかったりする。たとえ新しいスカートにしみをつけても、ごめん汚しちゃった、と気軽にあやまってすませられるのかもしれない。

だけど、千春には無理だ。

途方《とほう》に暮《く》れて、泥《どろ》の斑点《はんてん》を見つめる。このあいだ理科の授業《じゅぎょう》で習った、北斗七星《ほくとしちせい》みたいだ。いやいや、星座《せいざ》なんて、のんきなことを考えてる場合じゃない。どうしよう。お母さんに怒《おこ》られる。水で洗《あら》えば落ちるかな？　ごまかさないで、素直《すなお》にあやまったほうがいいのかな？

「どうしたの？」

いきなり声をかけられて、千春は飛びあがった。

フェンスの前でふたまたに分かれた道の、むかって左手のほうに、知らないおじさんが立っていた。

大きい、とまず思った。

背《せ》が高く、肩幅《かたはば》ががっちりと広くて、半袖《はんそで》のTシャツからのぞいている腕《うで》も太い。目玉がぎょろりと大きく、髪《かみ》も眉毛《まゆげ》ももじゃもじゃで、口のまわりにびっしりとひげが生えている。このあいだ紗希のうちで観《み》た映画《えいが》に出てきた、海賊《かいぞく》にちょっと似《に》ている。真っ黒に日焼けしているのも、それっぽい。そしてなぜか、いかつい外見にそぐわない、赤いギンガムチェックのかわいらしいエプロンをつけている。

逃《に》げなきゃ、と次に思った。

知らない道で、知らない——しかも、こんな変わった雰囲気《ふんいき》の——おとなに声をかけられたら、逃げるしかない。

千春がもと来た道を駆《か》け出《だ》そうとしたとき、視界《しかい》の隅《すみ》を白いものが横ぎった。

ミルクだった。しっぽをぴんと立て、千春の前は素通《すどお》りして、いちもくさんにおじさんの足もとへと走っていく。その背中《せなか》をとっさに目で追って、千春はまたしてもぎょっとした。おじさんは、はだしにビーチサンダルをつっかけている。まだ肌寒《はだざむ》い季節なのに、半袖《はんそで》のTシャツといい日焼けといい、ひとりだけ真夏みたいだ。

「おっ、シロ。ひさしぶり」

おじさんがうれしそうに言い、ミルクを抱《だ》きあげてほおずりした。声も、大きい。

「きみの猫《ねこ》？」

「いいえ」

千春がつい答えてしまったのは、きみ、と親しげに呼《よ》びかけられて、どぎまぎしたせいだろうか。おじさんの腕《うで》の中でだらんと体を伸《の》ばしてくつろいでいるミルクを見て、わずかに緊張《きんちょう》がゆるんだからだろうか。

おじさんが千春の顔からスカートへと視線《しせん》を移《うつ》し、目を見開いた。

「ありゃあ、派手《はで》にやったな。早くしみ抜《ぬ》きしないと。ちょっとおいで」

手招《てまね》きされ、千春はあわてて首を横に振《ふ》った。

「遠慮《えんりょ》しないで。それ、今ついたばっかりだろ？　きれいにとれるよ」

千春はいっそう激《はげ》しく首を振った。

「そんなこわい顔しなくても。あやしい者じゃないから」

おじさんがにやっと笑うと、白い歯がのぞいた。わざわざそんなふうに言うところが、かえってあやしい。

今度こそ走り出そうとして、千春が足に力をこめたとき、だしぬけにおじさんが後ろを振りむいた。片手《かたて》でミルクをひょいと肩《かた》に乗せ、空いた手で道端《みちばた》の建物を指さす。

「ほら、そこ」

ふつうの民家のようにも見えるけれど、入り口の引き戸が開け放され、かたわらに木《もく》製《せい》の小さな看板《かんばん》が立てかけてある。

なんでも修理《しゅうり》します、と書かれていた。

「しみ抜《ぬ》きもまあ、修理みたいなもんだよな」

おじさんがひとりごとのように言った。


お店の中は、ひんやりと涼《すず》しかった。

中央にでんと置かれた大きな作業台が、まず目をひいた。修理の道具だろうか、さまざまな文房具《ぶんぼうぐ》や工具がならんでいる。千春にもわかるのは、はさみやペンチ、金づちくらいで、あとは名前も使い道も想像《そうぞう》できない、変わったかたちのものが多い。釘《くぎ》やねじ、針金《はりがね》やばねのようなものもある。お店というより、小学校の図工室をひとまわり狭《せま》くしたような感じだ。

「とりあえず、座《すわ》って」

おじさんにすすめられ、千春は作業台のまわりにいくつか置かれた丸椅子《まるいす》のうち、入り口に一番近いひとつに浅く腰《こし》かけた。さからって怒《おこ》らせても困《こま》るので、誘《さそ》われるままについてきたものの、まだ心臓《しんぞう》がどきどきしている。

引き戸の横は一面窓《まど》になっていて、おもての道がよく見える。ガラス越《ご》しに、白い陽ざしがななめにさしこんでくる。ミルクがおじさんの腕《うで》から床《ゆか》に降《お》り、陽だまりに寝《ね》そべって毛づくろいをはじめた。

おじさんは作業台のむこう側にまわった。壁《かべ》に沿《そ》って、これも図工室と似《に》たような銀色の流しと、背《せ》の高い戸棚《とだな》がならんでいる。端《はし》っこに出入り口があり、紺色《こんいろ》ののれんがかけてある。

「ヤエさん、ちょっとすいません」

おじさんがのれんを持ちあげ、奥《おく》へむかって呼《よ》びかけた。

「はあい」

高い声が返ってきた。ぱたぱたと軽い足音が続き、のれんのむこうから、白髪《しらが》のおばあさんが顔をのぞかせた。

「あら、いらっしゃいませ」

千春ににっこり笑いかけてくる。ようやく少しほっとして、千春は小さく頭を下げ返した。

「泥《どろ》がはねちゃったらしくて」

おじさんが千春のスカートを指さした。

「まあ大変」

「しみ抜《ぬ》きをしたいんで、そのあいだに着られそうなもの、貸《か》してもらえませんか？」

「はいはい。ちょっと待っててね」

ヤエさんと呼《よ》ばれたおばあさんは、一度奥《おく》にひっこんで、ねずみ色のズボンを持ってきてくれた。

「ありがとうございます」

むかいあって立ってみると、ヤエさんの背丈《せたけ》は千春とちょうど同じくらいだった。

「いいえ、どういたしまして」

ヤエさんは上品に会釈《えしゃく》して、のれんのむこうへともどっていった。

ズボンは千春にぴったりだった。スカートを脱《ぬ》いで、おじさんに手渡《てわた》す。おじさんが流しの下からたらいを出して水をため、汚《よご》れた部分をひたした。

「きみ、何年生？」

「五年生です」

「学校の帰り？」

「はい」

話しているあいだも、おじさんの手は休みなく動いている。濡《ぬ》れたスカートを水からひきあげ、戸棚《とだな》から白い粉の入ったびんを出して中身を振《ふ》りかけ、歯ブラシのようなものでこすりはじめる。しゃこしゃこと小気味のいい音が立った。

「うん。とれるな、これは」

「ありがとうございます」

おじさんの手もとに見入っていた千春は、ふうっと息を吐《は》いた。助かった。

「この洗剤《せんざい》、万能《ばんのう》なんだよ。日本でも売ってくれればいいのにな」

「外国で買ったんですか？」

「うん。むこうで働いてたときに。この洗剤も、しみ抜《ぬ》きのやりかたも、現地《げんち》の同僚《どうりょう》に教わった」

千春は内心おどろいて、おじさんの横顔を盗《ぬす》み見《み》た。外国に住んでいたなんて、すごい。千春は海外旅行にも行ったことがない。なんだか風変わりなのも、外国暮《ぐ》らしと関係があるのだろうか。

「あっちにいるあいだは、よく泥《どろ》だらけになったからなあ」

泥だらけ？　おとななのに？

「あ、水たまりで遊んでたわけじゃないよ。仕事でね」

おじさんがからかうように言ったので、千春はちょっとむっとした。わたしだって、別に遊んでたわけじゃない。

「よし、こんなもんか」

おじさんはスカートにくっついている泡《あわ》を念入りにすすぎ、ぎゅっとしぼった。作業台の横についているひきだしをごそごそ探《さぐ》って、ドライヤーを出す。

「おれはエンジニアなんだ」

「エンジニア？」

「日本語でいうと、技師《ぎし》とか、技術者《ぎじゅつしゃ》ともいう」

「ギシ？」

「知らないか。ごめんな、小五の子のボキャブラリーが……ええと、どんな言葉を知っててどんな言葉は知らないのか、全然わかんなくて」

片手《かたて》で頭をかき、もう片方の手でドライヤーを操《あやつ》って、スカートに風をあてはじめる。

「具体的には、橋を作ってた……作ってたっていうか、設計《せっけい》してた。設計は、わかる？　作ろうとしてる橋の大きさとか、かたちとか、素材《そざい》なんかを考えて、図面を描《か》く……設計図、っていうんだけど」

ゆっくりと言う。千春にもわかりやすいように、言葉を選んでくれているのだろう。

「知ってます」

設計図くらいは、千春にもわかる。四年生のとき、図工の時間で「夢《ゆめ》の箱」を作るときに描いた。

各自《かくじ》、行ってみたい世界を想像《そうぞう》し、空き箱や包装紙《ほうそうし》や紙粘土《かみねんど》といった材料を使って、立体的に作るのだ。森とか、宇宙《うちゅう》とか、それこそ外国の町をこしらえているクラスメイトもいた。これといった案が浮《う》かばずに困《こま》っていた千春は、身近な場所を題材にしてもいいと先生に言われ、海を作った。たまに家族で出かける、街の海水浴場を参考にしたら、あんまり「夢《ゆめ》」らしくなくなってしまった。

「図面ができればおしまいってわけじゃない。工事がはじまったら、ちゃんと設計図《せっけいず》どおりにできてるかどうか、現場《げんば》を確認《かくにん》してまわる。うまく進んでないところや困《こま》ってるところがあったら、どうしたらいいかをいっしょに考える」

千春のうちの近所にも、工事現場がある。巨大《きょだい》なトラックが行き来し、ヘルメットをかぶった男のひとたちが忙《いそが》しそうに働いている。前を通りかかるたび、彼《かれ》らのかわすどなり声や、重たげな機械音が響《ひび》いてくる。あれも迫力《はくりょく》があるけれど、橋を作るんだったら、もっと大きな工事になるんだろうか。

おじさんがドライヤーをとめた。

「よし、できあがり」

真っ白なスカートを、ぱんぱんと伸《の》ばす。おじさんが持っていると、ハンカチみたいに小さく見える。

泥《どろ》のしみは跡形《あとかた》もなく消えていた。

「ありがとうございました」

千春はお礼を言って、手早く着替《きが》えた。ヤエさんに借りたズボンをたたんで返し、ランドセルを背負《せお》ったところで、おじさんに右手をさしのべられた。

「また、いつでもおいで」

千春は息をのんだ。

どうして気づかなかったんだろう。お店できれいにしみをとってもらったのだから、当然、代金をはらわなくちゃいけない。いくらだろう。おこづかいで足りなければ、お母さんに出してもらうしかない。ないしょで解決《かいけつ》できたと思ったのに、甘《あま》かった。

「ん？　どうした？」

おじさんは太い眉《まゆ》をけげんそうに寄《よ》せている。千春は観念して口を開いた。

「すみません」

われながら、情《なさ》けない声が出た。

おこづかいでまかなうにしても、お母さんに頼《たの》むにしても、いったん家にもどらなければいけない。今すぐには、はらえない。

「あの、今、お金を持ってなくて」

勇気を出して、打ち明けた。

「お金？」

おじさんはますます眉《まゆ》を寄《よ》せ、そして、突然《とつぜん》げらげらと笑い出した。

「いい、いい。いらないよ」

「でも」

混乱《こんらん》しながら、千春は突《つ》き出《だ》されたままの手のひらに目を落とした。

「あっそうか、これがややこしかったか」

おじさんが手をひっこめた。

「握手《あくしゅ》って、こっちじゃあんまりしないもんな」

出会いや別れの挨拶《あいさつ》として、たがいの手を握《にぎ》りあうという海外の習慣《しゅうかん》を、千春も知らないわけではない。でも、実際《じっさい》に手を差し出されたのは、人生ではじめてだった。

「ええと、じゃあ、なにかお手伝いとかしましょうか？」

ただでスカートを洗《あら》ってもらって、ありがたい反面、なんとなく悪い気もする。日本では手に入らないという、貴重《きちょう》な洗剤《せんざい》まで使わせてしまった。

「いいよ、そんな気をつかわなくても」

おじさんはしばし首をかしげてから、ぱちんと手を打った。

「それなら、なにか修理《しゅうり》したいものがないか、お父さんやお母さんに聞いてみてもらおうか。格安《かくやす》で引き受けるよ」

千春は返事に困《こま》った。

ここのことを、家でどうやって説明したらいいだろう。スカートの一件《いっけん》を器用にはぶいて、上手に話せる自信がない。そもそも、千春がこんなふうにひとりで知らないお店に入ったことも、お母さんは喜ばないはずだ。

「ああ、でも、せっかくきれいにとれたのに、わざわざ話すことないか」

おじさんにも、千春の気持ちは伝わったようだった。

「ま、またいつでも遊びにおいで。ご覧《らん》のとおり、ひまだから」

肩《かた》をすくめる。そういえば、この三十分ほどのあいだ、誰《だれ》もお客さんはやってこなかった。

「じゃあ、あらためて。よろしく」

差し出された右手を、千春はそろそろと握《にぎ》った。おじさんがつないだ手を勢《いきお》いよく上下にゆらした。がっちりとぶあつい手のひらは、ほのかにあたたかかった。

その次の日も、千春は学校の帰りにおじさんの店に寄《よ》った。

道に面したガラス窓《まど》から、中をのぞく。おじさんはこちらに横顔を見せて、作業台でなにやら手を動かしていた。

昨日《きのう》、お母さんはなんにも気づかなかった。

昼ごはんを食べた後、ふたりでクッキーを焼いた。おやつに焼きたてをつまんでいるときに、余《あま》った分を明日学校に持っていきたい、と千春はお母さんに言った。前にも何度かそうしたことがある。今回、千春の頭に浮《う》かんでいたのは、同級生の顔ではなかったけれども。

紗希《さき》にだけは、今朝教室で顔を合わせたときに、かんたんにいきさつを話した。いっしょにお店へ行ってみないか、誘《さそ》ってみるつもりだった。

ところが、話を聞き終えた紗希は、むずかしい顔で腕組《うでぐ》みをした。

「やばくない、そのひと？　なんか、なれなれしすぎない？」

たしかに、なれなれしいといえば、なれなれしい。初対面なのに、しかもおとななのに、まるで同年代の友だちに話すみたいな、くだけた態度《たいど》だった。

「千春、気をつけたほうがいいよ。あたしも前、通りすがりのおじさんに話しかけられたけど、即逃《そくに》げたよ。そういうのって、返事したり、目を合わせるだけでもだめなんだって」

紗希がもっともらしくたたみかける。

「通りすがりじゃなくて、お店のひとだよ」

千春はようやく言い返した。思いのほか、強い口調になった。

「わたしが困《こま》ってるのを見て、助けてくれたんだよ」

「それならいいけど」

まだすっきりしない表情《ひょうじょう》で紗希は答え、そういえばさ、と話を変えた。

「昨日《きのう》、最悪だったんだ」

「最悪？」

「うん。塾《じゅく》が」

めずらしい。塾は最高だと紗希《さき》は日頃《ひごろ》から言っている。

四年生の終わりには、千春は紗希に、そして千春のお母さんは紗希のお母さんに、いっしょに通わないかと持ちかけられもした。紗希のように志望校《しぼうこう》が決まっているわけでもないけれど、母子そろってさかんにすすめられ、千春もお母さんもその気になりかけていた。

反対したのは、お父さんだった。

「わざわざ私立《しりつ》なんか受験しなくても、公立でいいじゃないか」

「だけど、私立のほうがレベルが高いって、紗希ちゃんのお母さんも……」

お母さんが言うと、不機嫌《ふきげん》そうにさえぎった。

「うちの市は教育に力を入れてるから。私立にだって負けないよ」

お父さんは市役所の職員《しょくいん》として働いている。

わたしは市立中学に通うことになるんだな、と千春はそのときはじめて再来年《さらいねん》の進路のことを意識《いしき》した。気にかかったのは、中学校のレベルがどうこうというよりも、紗希のことだった。紗希が希望どおり私立《しりつ》に合格《ごうかく》したら、わたしたちは離《はな》れ離《ばな》れになってしまう。これまでずうっといっしょだったのに。

でも紗希のほうは、そんなことはちっとも気にしているそぶりはない。塾《じゅく》のテストで成績《せいせき》が上がれば、ぴょんぴょんと飛びはねてはしゃぎ、下がったときは、悲愴《ひそう》な顔で嘆《なげ》いてみせる。そのたびに、千春はもやもやと落ち着かない気分になる。

「昨日《きのう》の小テスト、クラスで最下位だったんだよ。この先、ついてけるかなあ」

紗希が暗い声でぼやいた。新年度でクラス替《が》えがあるという話は、千春も聞いていた。紗希は先月までよりもひとつ上に入れたそうで、千春に抱《だ》きついて喜んでいた。

「そうだ、今日も千春と帰れなくなっちゃったんだ。授業《じゅぎょう》のない日も、先生が質問《しつもん》を受けてくれるから」

ついでのように、紗希が言いそえた。

気をつけたほうがいいと思うよ。

耳に残っている紗希《さき》の声をはらうように首を軽く振《ふ》ってから、千春は遠慮《えんりょ》がちに引き戸を開けた。

「ああ、いらっしゃい」

おじさんがこちらに顔をむけ、目じりを下げた。やっぱり、悪いひとじゃなさそうだ。なんだか変わってるし、ちょっとなれなれしいけど。

千春は作業台に近づいて、クッキーの入った透明《とうめい》の袋《ふくろ》をそっと置いた。

「これ、昨日《きのう》のお礼です」

「おお、ありがとう。うまそうだ」

おじさんがいそいそと袋を開けた。ハート型のクッキーをひとつ、ひょいと口に放りこむ。

「ひょっとして、手作り？」

「はい」

「上手だなあ。売ってるやつみたいだ」

感心したようにほめられて、千春はおずおずと訂正《ていせい》した。

「お母さんが、お菓子《かし》作るの趣味《しゅみ》だから。わたしは型を抜《ぬ》いただけです」

生地をこね、うすくのばすところまではコツがいるから、お母さんがやる。千春も前に一度だけ手伝ったが、きれいにまとまらずにべちゃべちゃになってしまい、それ以来、横で見るだけでがまんしている。せっかくならおいしいクッキーが食べたいし、お母さんのがっかりした顔も見たくない。

お母さんのがっかりした顔が、千春はとても苦手なのだ。

眉《まゆ》をぎゅっと寄《よ》せ、口をへの字に曲げて、しかたないね、とつぶやく。視線《しせん》は千春ではなく、千春の頭のななめ上くらいの、空中にむけられている。しかられたり、責《せ》められたりしているわけじゃないのに、千春の胸《むね》はすうすうする。怒《おこ》った顔もこわいけれど、がっかりした顔に比《くら》べれば、まだましだ。

「正直だねえ、きみは」

おじさんがふふっと笑った。口の端《はし》からクッキーの粉がぽろぽろとこぼれる。お母さんが見たら、お行儀《ぎょうぎ》が悪いと眉をひそめそうだ。いや、その前にまず、手を洗《あら》いなさいと注意されるだろう。おまけに、おじさんの指先は真っ黒に汚《よご》れている。

千春が入ってきたときにいじっていたのは、作業台に置いてある箱のようだった。ランドセルくらいの大きさで、くすんだ銀色の金属《きんぞく》でできている。なんの機械だろう。これも修理《しゅうり》の仕事だろうか。

「ごちそうさま」

汚《よご》れた両手を、おじさんは丁寧《ていねい》に合わせた。お行儀《ぎょうぎ》がいいのか、悪いのか、よくわからない。台の上に転がっていたクリップをつまみあげ、慎重《しんちょう》な手つきで袋《ふくろ》の口をとめている。

「もったいないから、ちょっとずつ食べよう」

箱型の機械らしきもののかたわらには、写真の入ったフォトフレームが三つならんでいる。右のふたつは、同じ赤《あか》ん坊《ぼう》のアップで、色だけがちがう。片方《かたほう》はふつうのカラー写真で、もう片方はセピア色だ。古いものなのか、そういう加工がしてあるだけだろうか。おじさんの子どもかもしれない。

でも昨日《きのう》、小学五年生がどんな言葉を知っているのかわからない、とおじさんは言っていた。だとすると、子どもがいるとしても、それよりは小さいはずだ。そもそも、本人の年齢《ねんれい》も、千春にはさっぱり見当がつかない。

おじさんも千春の視線《しせん》に気づいたのか、フォトフレームに目をやった。左端《ひだりはし》のひとつを手にとる。

「これが、おれがはじめて設計《せっけい》した橋だよ」

渡《わた》された写真に、千春は目を落とした。これも、ずいぶん色があせている。

橋そのものよりも、手前に立っている人間のほうが目立っていた。おそろいの、砂色《すないろ》の作業服を着た男のひとが十人ばかり、肩《かた》を組んで笑っている。中央に、今よりかなり若《わか》いおじさんがいた。ほかはみんな、日本人ではないようだ。浅黒い肌《はだ》に、真っ白な歯が映《は》えている。工事にかかわった現地《げんち》のひとたちなのだろう。

彼《かれ》らの背景《はいけい》にうつっている赤い橋は、千春がなんとなく想像《そうぞう》していたよりも、ずっと大きかった。

「工事をはじめてから完成するまでに、四年もかかったんだ」

よく見ると、橋は三階建てになっている。人間だけではなく、車や電車も渡れるという。

「楽しかったなあ。ここから橋にはまっちゃってね、いろんな国に行ったよ。今じゃ、日本よりも海外にいるほうが落ち着くくらいだな」

しみじみと言うおじさんに、千春はなにげなくたずねた。

「じゃあ、どうして日本に帰ってきたんですか？」

今度は、おじさんはすぐには答えなかった。考えこむようにぐるりと黒目を動かし、もしゃもしゃのあごひげをなでて、おもむろに口を開いた。

「実はね、おれは発明家なんだ」

思いもよらない返事に、千春はぽかんとした。

「発明家は、わかるか？」

発明家という言葉そのものは、もちろん千春も知っている。今まで本物に会ったことはないけれども。

「エジソン、みたいな？」

「そうそう。おれはそんな大物じゃないけどね」

おじさんがこのお店にやってきたのは、つい先月のことだという。それまでは、橋を設計《せっけい》する技師《ぎし》として働きながら、発明に取り組んできた。

「だけど会社員だと、どうしても自分の時間はとりにくい。で、この店でアルバイトに雇《やと》ってもらった。お客さんがいないときは自由にやっていいって、ヤエさんも言ってくれて」

おじさんが奥《おく》ののれんをちらりと見やった。この店は、もともとヤエさんのだんなさんがやっていたらしい。最近になって体調をくずしてしまい、かわりに修理《しゅうり》の仕事ができるアルバイトを募集《ぼしゅう》していたそうだ。

「もちろん、修理の仕事も一生懸命《いっしょうけんめい》やるつもりだよ。あんまり客が来なくて、店がつぶれちまったら困《こま》るしな。ほら、これだって」

作業台に置いてあった箱のてっぺんを、おじさんがぽんとたたいた。

「そうだ、ちょうどいい。試運転をさせてもらおう。悪いけど、ちょっと入り口のほうに行ってみて」

言われるまま、千春は丸椅子《まるいす》から立ちあがり、引き戸の手前まで移動《いどう》した。空いた椅子におじさんが箱を置く。側面にまるい穴《あな》がふたつならんでいて、目みたいに見える。

「うん、そのへんで。じゃ、こっちにゆっくり歩いてきて」

千春はこわごわ足を踏《ふ》み出《だ》した。二、三歩前に進んだところで、

「イラッシャイマセ！」

と、箱が元気よくしゃべった。電車やバスの車内放送で聞こえてくるような、平坦《へいたん》な女のひとの声だった。

「わっ」

千春はとっさに後ろへ飛びのいた。おじさんは腰《こし》に手をあてて、箱と千春を見くらべている。

「ちょっと声が大きすぎるか。距離《きょり》はだいたいこのくらいかな」

「あの、これって……」

「看板《かんばん》だよ。あっちの、バス通りとぶつかる角のところに、置いてみようと思って」

窓《まど》のほうに顔をむけ、千春が通ってきたブロック塀《べい》のすきまの道と、反対方向を指さしてみせる。

「こんな場所じゃ、お客さんもなかなか入ってきにくそうだからな。どうせなら、しゃ

べったほうが目立っていいと思ったんだけど」

ずっと音を流しっぱなしではご近所から苦情《くじょう》が出るとヤエさんに指摘《してき》され、誰《だれ》かがそばを通りかかったときにだけ反応《はんのう》するしくみを考えたそうだ。

「この穴《あな》の中に、センサーとスピーカーが入ってるんだ。センサーで通行人を認識《にんしき》して、スピーカーから音が出る。てっぺんに、なんでも修理《しゅうり》します、って書いた札も立ててるつもり」

おじさんが近寄《ちかよ》ると、イラッシャイマセ、と箱がまたしゃべった。

「この声も、いまいちだな。やっぱり機械音声より生がいいか。でも、おっさんの声ってのもなあ」

しばらくひとりでぶつぶつ言っていたが、

「そうだ」

と声を上げ、千春のほうを振《ふ》りむいた。さっき見せてもらった写真と同じ、満面の笑顔だった。

千春の声が吹《ふ》きこまれた看板《かんばん》は、その数日後にできあがった。はじめにおじさんが説明してみせたのとは、ちがうかたちにしあがった。

きっかけは、千春のひとことだった。四角い箱の表面に開いたふたつの穴《あな》が目に見える、となにげなく言ったのだ。

「たしかに、そう言われてみれば」

おじさんも同意した。千春はもう一度箱を眺《なが》めまわし、さらに思《おも》い浮《う》かんだことも口にした。

「ロボットの頭みたい」

「いいね。きみ、なかなかユニークだな。センスがある」

おじさんが声をはずませ、千春はきょとんとした。

「ええと、ユニークはわかるか？　個性的《こせいてき》ってこと」

解説《かいせつ》されるまでもなく、千春にも意味はわかっていた。ほめられているということも。うれしいというより戸惑《とまど》ってしまったのは、そんなふうに言われたのがはじめてだったからだ。まわりからはよく、おっとりしているとか、ぼんやりしているとか、言われる。個性的《こせいてき》、ではなくて。

千春自身も、自分のことを個性的だとは思わない。人目をひくような特徴《とくちょう》も、なみはずれた特技《とくぎ》もない。学校の成績《せいせき》はちょうど平均《へいきん》くらいで、背《せ》は高くも低くもなく、やせても太ってもいない。ついでにいえば、顔もふつうだ。

特に不満はない。別に注目されたくもない。たくさんの視線《しせん》を浴びると、頭がかっと熱くなる。口がからからにかわき、声も出なくなる。

それでも、路地の入り口に置いたロボット型の看板《かんばん》がお客さんからも好評《こうひょう》だとおじさんから聞いたときは、素直《すなお》にうれしかった。きみのおかげだよ、と何度もくり返されて、ちょっと照れくさかったけれど。

それからも、ときどき千春は学校の帰りにおじさんの店に立《た》ち寄《よ》るようになった。お母さんには話しそびれているが、あやしまれてはいないようだ。四年生のときから、紗希《さき》たちと遊んだり、図書室に寄ったりして、家に帰る時間はまちまちだった。それに、毎日通っているわけでもない。平均して、週に一回か、多くて二回くらいだろうか。紗希といっしょの日は寄らないし、お店が閉《し》まっている場合もある。定休日が決まっていないので、わかりづらい。

「天気がいいと外に出かけたくなるんだよな。店の中でじっとしてるのはもったいない気がして」

おじさんは悪びれずに言う。

営業中《えいぎょうちゅう》でも、中にお客さんがいれば、千春は引き返す。看板《かんばん》の効果《こうか》もあってか、客足は少しずつ増《ふ》えている気がする。

おじさんがひとりでいるときにだけ、店内に入る。いらっしゃい、とおじさんは快《こころよ》く迎《むか》えてくれる。お客さんからあずかった修理《しゅうり》の仕事をしているときもあれば、自分の発明品をせっせと作っているときもある。千春もかんたんな作業を手伝ったり、「試運転」につきあったりもする。

たとえば、うそ発見器はおもしろかった。カチューシャみたいなかたちで、本物のカチューシャと同じように、頭につける。真ん中には、リボンやお花の飾《かざ》りのかわりに、ピンポン玉に似《に》たまるいランプがくっついている。このランプが、本当のことを言っているときは緑、うそをついたら赤く光る。おでこの脈を読みとっているらしい。動揺《どうよう》すると脈拍《みゃくはく》が早くなり、それを感知して色が変わるのだ。

装着《そうちゃく》した本人は、ランプの色が見えない。おじさんが貸《か》してくれた手鏡を見ながら、千春は質問《しつもん》を受けた。おでこにピンポン玉をくっつけている姿《すがた》はまぬけだったけれど、おじさんがいつになく真剣《しんけん》な顔をしているので、文句《もんく》を言うのはひかえた。

「あなたは小学五年生ですか？」

「はい」

ランプが緑に光った。

「あなたはクッキーが好きですか？」

「はい」

ランプは緑のままだ。

「これじゃ、つまらんな……このおじさんのことを、かっこいいと思いますか？」

「えっ？」

ランプが赤く光った。

「なんだよ、ひどいな」

「でもわたし、まだなんにも答えてないけど……」

「あ、ほんとだ」

思いがけない質問《しつもん》に面食《めんく》らっただけでも、動揺《どうよう》しているとみなされ、赤いランプがついてしまうようだった。

「こりゃだめだ。改良しないと」

おじさんはしょんぼりと肩《かた》を落としていた。


発明や仕事のために手を動かしている合間に、おじさんはよく千春に学校の様子をたずねる。

最初のうちは、いつも家でお母さんにそうするように、楽しかったできごとを主に報告《ほうこく》していたけれど、日が経《た》つごとにそうでもなくなってきた。悲しかったことでも、腹《はら》が立ったことでも、そのとき聞いてほしいことを聞いてもらう。

今となっては、胸《むね》にわだかまっているささいな不満やちょっとした気がかりを打ち明ける日のほうが、多いかもしれない。体育のハンドボールでボールを落っことし、チームのみんなに迷惑《めいわく》をかけてしまったこと。給食でイカの煮《に》つけが出て、昼休みいっぱい教室に残されたあげくに、結局食べきれなかったこと。掃除《そうじ》当番でいっしょだった男子がふざけていて、まじめにやっていた千春たち女子まで先生にしかられるはめになったこと。

おじさんがことさらになぐさめてくれたり、すばらしい解決策《かいけつさく》を提案《ていあん》してくれたりするわけではない。最後まで黙《だま》って耳をかたむけ、

「そりゃ、災難《さいなん》だったな。おつかれさん」

と、のんびり言う。

「まあでも、明日ははちみつの日かもしれないから」

はじめて聞いたとき、千春には意味がわからなかった。

「今日はたまねぎ、明日ははちみつ」

おじさんは変なふしをつけて、歌うように言った。

これも海外赴任《ふにん》中《ちゅう》に覚えた、アラビア語のことわざらしい。生のたまねぎは、ぴりぴりと舌《した》を刺激《しげき》するばかりでおいしくない。反対に、はちみつはとろけるように甘《あま》い。転

じて、悪い日もあればいい日もある、というような意味となるそうだ。

たまねぎを生では食べたことがないと千春が言うと、おじさんはわざわざヤエさんに頼《たの》んで、切《き》れ端《はし》を分けてもらった。かじってみたら、本当にまずかった。

「たまねぎも、別に悪者ってわけじゃないんだけどな。すごく栄養があるし」

涙目《なみだめ》の千春に水のコップを渡《わた》しながら、おじさんは苦笑していた。

「ん？　そう考えたら、けっこう深いかもな。苦い経験《けいけん》も、実は人生の養分になってるってことか」

もっともらしく、つぶやいてもいた。千春のほうは、口の中がぴりぴりしびれて、それどころではなかった。

ともあれ、「今日はどうだった？」とおじさんから聞かれるたびに、「たまねぎ」か「はちみつ」と千春も答えるようになった。つまらなかったとか、いやなことがあったとか、ぐずぐずと訴《うった》えるよりも、「たまねぎ」とひとこと返すほうがいさぎよい。それに、なんだかかわいい。

たまねぎの日のできごとは、お母さんやお父さんにはなんとなく言いにくいのに、な

ぜかおじさんには話してしまう。知りあったばかりだし、千春はもともと自分の話をするのが得意でもないのに。

「おれは聞き上手だからな」

おじさんは誇《ほこ》らしげに胸《むね》を張《は》ってみせる。たしかに、それもあるのかもしれない。千春が途中《とちゅう》で口ごもったり考えこんだりしても、決して急《せ》かさず、辛抱強《しんぼうづよ》く続きを待っている。

「お母さんや先生は、ちゃんとしたことを言わなきゃまずいだろうけど、おれはそういう責任《せきにん》もないし。気楽なもんだ」

冗談《じょうだん》ぽく言いながらも、千春がなにか質問《しつもん》すれば、おじさんはじっくり考えてから答えてくれる。

ただし、こっちも気は抜《ぬ》けない。きみはどう思う、とおじさんは必ず問い返してくるからだ。

「わからないことは恥《は》ずかしくない」

おじさんはいつも言う。

「自分の頭で考えてみようとしないことが、恥《は》ずかしい」

五月の終わり、千春がお店へ入るなり、おじさんのほうから聞かれた。

「今日はたまねぎか？」

よっぽどゆううつそうな顔をしていたらしい。

発端《ほったん》は、週末に開かれた、サナエちゃんのお誕生日会《たんじょうびかい》だった。千春と紗希《さき》もふくめ、クラスの女子の半分以上が招待《しょうたい》されていた。

サナエちゃんから日程《にってい》を知らされるなり、紗希は悔《くや》しそうに断《ことわ》った。

「ごめん。あたし、行けない。塾《じゅく》の全国テストなんだ」

「そっか。じゃあ、しょうがないね」

サナエちゃんも残念そうに答えた。怒《おこ》っているふうには見えなかった。

でも、本音はそうじゃなかったらしい。お誕生日会の当日、集まったみんなの前で、サナエちゃんはおおげさにため息をついてみせたのだ。

「ガリ勉ってやだよね。友だちより勉強のほうが大事って、どうなの？」

サナエちゃんちの広々としたリビングが、しんと静まり返った。

お誕生日会《たんじょうびかい》の主役だから、反論《はんろん》しづらいというだけではない。クラス委員をつとめ、先生からも頼《たよ》りにされているサナエちゃんは、しっかり者で気が強い。堂々と反対意見をぶつけられるのは、同じくらい気の強い、当の紗希《さき》くらいなのだった。

それでも勇気を振《ふ》りしぼって、千春は言い返した。

「だけど、紗希も来たがってたよ」

本当のことだった。パーティーには参加できないかわりに、サナエちゃんのためにプレゼントを買って、休み明けに学校で渡《わた》すつもりだと聞いていた。

サナエちゃんがあわれむような目で千春を見た。

「前から思ってたけど、千春ちゃんも大変だよね？　あの子、最近塾《じゅく》ばっかりで、学校なんかどうでもいいって思ってるっぽくない？」

今度は、なにも言い返せなかった。それは千春もうすうす感じていることだったから。

紗希が塾通いで忙《いそが》しくなってから、いっしょに帰ったり、遊んだりする機会はめっきり減《へ》っている。最近はたまに、宿題を写させてほしいと頼《たの》まれるようにもなった。写させてあげること自体は、別にかまわない。これまで千春も、何度となく紗希に勉強を教えてもらってきた。ただ、こんな宿題なんか意味あるのかな、とこぼされても、なんとも答えられない。

紗希に悪気がないのは、千春にもわかっている。悪気なく、学校の授業《じゅぎょう》はたいくつだとけなし、塾《じゅく》の先生や友だちの話ばかりする。悪気がないとわかっていても、千春はなんだかすっきりしない。

お誕生日会《たんじょうびかい》の翌日《よくじつ》、紗希になにをどう伝えるべきかと千春は悩《なや》んだが、その必要はなかった。

サナエちゃんの文句《もんく》は、すでに本人の耳にも入ってしまっていたのだ。お誕生日会に出席した誰《だれ》かが、こっそり告げ口したようだった。

「ここそこそ悪口言うなんて最低」

紗希は息巻《いきま》いていた。

「あたし、別にガリ勉じゃないし。将来《しょうらい》のために必要なことをしてるだけだよ。いい学校を出て、いい会社に入って、いい人生を送りたいんだもん」

以来、紗希《さき》とサナエちゃんはひとことも口をきいていない。紗希の味方につく女子もいて、教室の中には冷たい風が吹《ふ》き荒《あ》れている。どういうわけか、担任《たんにん》の先生と男子たちは、まったく気づいているそぶりがないけれども。


千春の話を聞き終えたおじさんは、低くうなった。

「ややこしいことになっちまってるなぁ」

そのとおりだ。ものすごく、ややこしいことになっている。

「いわゆる価値観《かちかん》の相違《そうい》ってやつだ。小五でもあるんだなあ。そりゃ、あるか」

「カチカンノソーイ?」

またしても、千春にとってははじめて聞く言葉だった。

「生きてくうえで大事にしたいものが、ちがうってこと」

おじさんが補《おぎな》った。それなら、千春にもなんとなくわかる。

「有名な学校や大きな会社に入るのが、すごく重要だって考えるひともいる。そうじゃないひともいる」

正直なところ、紗希の主張《しゅちょう》を、千春も完全に理解《りかい》できているわけではない。もちろん、「悪い学校」よりも「いい学校」で学び、「悪い会社」よりも「いい会社」で働くに越《こ》したことはないだろう。でも、「いい人生」と言われても、それが具体的にどんなものなのか、どうもぴんとこない。

「価値観《かちかん》の相違《そうい》っていうのは、おとなの世界でもよくあるんだ。それが原因《げんいん》でいろんな争いが起きてる。今も昔も、世界中でね」

おじさんは、うんざりした顔でため息をついている。

「友だちどうしのけんかだけじゃない。夫婦《ふうふ》が離婚《りこん》したり、国どうしが戦争をおっぱじめたり」

「せ、戦争?」

「うん。極端《きょくたん》な例だけどな」

千春にも、ため息が伝染《でんせん》した。そんなにむずかしい話だったのか。

「じゃあ、どうすれば仲直りできるの?」

「きみはどう思う?」

聞き返されて、頭を整理してみる。紗希《さき》とサナエちゃんの価値観《かちかん》とやらが食いちがってしまっているのが、問題らしい。ということは、

「どっちかに考えを合わせればいいの？」

「それは無理だろうな」

おじさんが首を振《ふ》った。

「え？　でもさっき、価値観がちがうのが問題だって……」

「原因《げんいん》だって言ったんだ。問題じゃない。問題は、そのちがいを受け入れられない人間がいるってこと」

きっぱりと言う。

「別に、同じにしなくたっていい。いや、すべきじゃない。みんな同じじゃ、つまらんからな。ほら、カレーだってそうだろ？」

「へ？　カレー？」

「いろんな種類のスパイスを入れるから、味に深みが出ておいしくなる。カレー、作ったことないか？」

「あるけど」

去年、調理実習で作った。いろんな種類のスパイスなんか使わなかった。板チョコみたいなかたちのルウを砕《くだ》いて、鍋《なべ》に放りこんだだけだ。おじさんのたとえ話は、たまにわかりにくい。

だけど今は、カレーの作りかたはどうでもいい。とにかく一番知りたいことを、千春はたずねた。

「だったら、仲直りはできないの？」

「いいや、そうとは限《かぎ》らない。たとえばさっきの話だけど、きみはいい学校やいい会社に入りたい？」

急に話が飛んで戸惑《とまど》いつつ、千春は正直に答えた。

「よくわかんない」

「ほら。きみの価値観《かちかん》と、その友だちの価値観も、ぴったり同じってわけじゃない」

「あ」

「だからって、その子も受験なんかやめちまえとは思わないよな？」

千春はこくりとうなずいて、でも、とつけ足した。

「ちょっとさびしい」

「そうか、そうだよな」

おじさんがつぶやいた。

「じゃあ、その子の受験がうまくいかなきゃいいと思う?」

「まさか」

そんなことは、思わない。クラスが上がったと報告《ほうこく》してきた紗希《さき》のうれしそうな顔が、千春の頭に浮《う》かんだ。

「そういうことなんだよ。価値観《かちかん》がちがったって、友だちでいられる」

おじさんが千春の顔をのぞきこんだ。

「認《みと》めればいい。自分とはちがう考えかたも存在《そんざい》するってことを。そのふたりも、おたがいを認められれば、仲直りできる」

「うん」

でも、どうやって?

「きみが手助けしてあげれば？」

千春の疑問《ぎもん》を読みとったかのように、おじさんがにっこり笑った。

翌日《よくじつ》、千春はさっそく紗希に持ちかけてみた。

「サナエちゃんと仲直りしたら？」

「なにそれ、あたしからあやまるってこと？」

紗希はあからさまに顔をこわばらせた。もともと大きな目をさらに見開いて、千春をきっとにらみつける。

すんなり賛成《さんせい》してはくれないだろうと、千春も覚悟《かくご》はしていた。紗希はがんこなのだ。一度こうと決めたら、かんたんにはゆずらない。

「あやまるっていうか、とりあえず話をしてみるとか……」

「絶対《ぜったい》いや」

紗希がぶるんと激《はげ》しく首を振《ふ》った。

「だって、あたしは悪くないもん」

「わたしもそう思うよ」

紗希《さき》は悪くない。そしてサナエちゃんも。ただ、ちがうだけなのだ。

おじさんに言わせれば、「価値観《かちかん》の相違《そうい》」をめぐるもめごとは、たいていそうらしい。片方《かたほう》がよくてもう片方が悪い、あるいは片方が正しくてもう片方がまちがっている、ということは、ほとんどない。

大丈夫《だいじょうぶ》、本人たちも仲直りしたいと思ってるはずだから、とおじさんは自信たっぷりに請《う》けあってもいた。ふたりとも意地張《いじは》って、きっかけをつかみそこねてるだけだ。誰《だれ》かが背中《せなか》を押《お》してあげれば、きっとまるくおさまる。

「でも、早く仲直りしたほうがいいよ」

千春は思いきって続けた。紗希が不服そうに口をとがらせ、けわしい声でまくしたてる。

「なんでそんなふうに言うの？　千春もサナエちゃんの味方なわけ？　がんばって勉強するのが、どうしていけないの？」

千春は紗希から目をそらさずに、ただ聞いていた。いつもおじさんが千春の話を聞いてくれているときに、そうするように。

「がんばらなきゃ、ついてけないんだもん」

ほんの少しずつ、紗希の声が小さくなった。

「あたしだって、千春やみんなと遊びたいんだよ……でも、どうしても時間が足りなくて……クラスもまた落ちちゃったし……」

口をつぐみ、目をふせる。

「わたしも紗希と遊べなくて、さびしいよ」

千春は注意深く口をはさんだ。

「サナエちゃんも、みんなもそうだと思う」

紗《さ》希《き》がはじかれたように顔を上げた。怒《おこ》ったかな、と千春は反射的《はんしゃてき》に身がまえた。

あらためて紗希とむきあって、はっとする。紗希の目はうっすらと潤《うる》んでいた。ほっぺたと鼻の頭は、真っ赤に染《そ》まっている。

おじさんの問いかけを、千春は唐突《とうとつ》に思い出した。その子の受験がうまくいかなきゃいいと思う？

「さびしいよ。さびしいけど、紗希を応援《おうえん》したいと思ってる」

伝われ、伝われ、と念じながら、つけ加えた。紗希がぱちぱちとまばたきをして、千春の顔をじっと見つめた。

紗希がサナエちゃんにプレゼントを渡《わた》したのは、その次の日のことだった。

「遅《おそ》くなったけど、おめでとう」

よく通る声で言って、リボンのかかった包みをサナエちゃんに差し出した。紗希はがんこだけれど、いったん納得《なっとく》したら行動は早いのだ。

「お誕生日会《たんじょうびかい》、行けなくてごめん」

朝の会がはじまる直前で、教室にいるほぼ全員がふたりに注目していた。

「……ほんとは、行きたかった」

ためらうような間を置いて、紗希は言いそえた。サナエちゃんは探《さぐ》るような目で紗希をしばらく眺《なが》めてから、ぷいと目をそらした。

「ありがとう」

そっぽをむいたまま、小声で答えた。紗希が本気で言っていると、ちゃんとわかったようだった。

放課後、千春はもちろんおじさんの店に寄《よ》った。引き戸を開けると、おじさんがにやりと笑った。

「はちみつ?」

「はちみつ!」

千春は叫《さけ》び返《かえ》して、お店の中へと駆《か》けこんだ。

夏

SUMMER

その日、おじさんの店には先客がいた。

先客という言いかたは、おかしいかもしれない。ひとめ見て、お客さんじゃないだろうな、と千春は察したから。

お店でお客さんの姿《すがた》を見かけたことは、これまでにもある。道に面したガラス窓越《まどご》しに、中の様子はまる見えだ。千春が外からのぞいたときに、すでに誰《だれ》かがいることもあったし、おじさんと話しているあいだに誰かがやってくることもあった。どちらにしても、仕事のじゃまにならないように、なるべく早く立ち去ることにしている。

千春は窓のそばに立って、そっと店内をうかがった。おじさんはいつものように、作業台の奥《おく》に窓のほうをむいて座《すわ》り、休みなく手を動かしている。

その正面に、子どもがいる。

丸椅子《まるいす》に腰《こし》かけ、足を前後にぶらぶらさせている。こちらには背《せ》をむけていて顔は見えないけれど、短く刈《か》りこんだ髪《かみ》の毛《け》や、サッカーのユニフォームみたいな、だぼっとした青いTシャツからして、たぶん男の子だ。背中に大きく数字の9が入っている。

誰だろう?

千春も知っている子だろうか。この近くに住んでいるのだとしたら、私立《しりつ》に通ってい
るのでもない限《かぎ》り、同じ小学校のはずだ。見たところ背格好《せかっこう》は千春と変わらないから、
たぶん年齢《ねんれい》も近いだろう。

顔がなんとか見えないものかと、千春は首を左右に動かしてみた。気配を感じたのか、
おじさんが不意に目を上げた。

背番号9番も、振《ふ》りむいた。

「あ」

千春は声をもらした。むこうも口を「あ」のかたちにまるく開けて、千春をじろじろ
見ている。

背番号9番を、千春は知っていた。

「そうか。友だちだったのか」

ならんで座《すわ》ったふたりを、おじさんはにこにこして見くらべている。

友だちじゃない、と千春は思う。ただ同じクラスというだけだ。それも五年生になっ

てからだから、まだ三カ月も経《た》っていない。直接《ちょくせつ》しゃべったことも、近くの席になったこともない。

和田俊太《しゅんた》、という名前は知っている。仲のいい友だちはみんな、俊太、と下の名前を呼《よ》び捨《す》てにしている。あと、足が速いのも知っている。体育の時間に五十メートル走をしたとき、クラスで一番だった。

和田俊太も、千春の名前は知っていたようだ。

「長谷川もよく来るの、ここ？」

くりくりした目で、千春の顔をのぞきこんでくる。

「うん、ときどき」

やや緊張《きんちょう》しながら、でもそれが表情《ひょうじょう》には出ないように——俊太のほうはちっとも緊張していないようだから——千春は答えた。

「おれ、こないだ自転車こわしちゃって、直してもらったんだ。ほんと、助かった」

俊太が胸《むね》に手をあてた。青いTシャツは、前にも9の字がついている。

「買ってもらったばっかなのに、こわしたら父ちゃんにぶっとばされるとこだった」

9

肩《かた》をすくめて作業台のほうにむきなおり、台に置いてあった細長い発泡《はっぽう》スチロールのかたまりを両手でかかげてみせる。

「ねえおじさん、これって次はどうする？」

「ああ、ありがとう。とりあえずこっちにもらおうか」

おじさんの手もとにもうひとつ、そっくり同じ、ボートのような、お皿のようなかたちの発泡スチロールがある。新しい発明品の部品だろうか。

俊太《しゅんた》が作業台越《ご》しにうんと腕《うで》を伸《の》ばし、部品をおじさんに渡《わた》した。千春をちらっと横目で見て、得意そうににっと笑う。

「おれ、助手なんだ」

「ふうん」

千春はそっけなく答えた。おじさんの発明の助手くらい、わたしだって何度もつとめたことがある。

なにを作っているのか気になるけれど、黙《だま》っていた。ここで質問《しつもん》したら、俊太はいよいよ調子に乗りそうだ。

「水上歩行器だよ」

教えてくれたのは、おじさんだった。スイジョーホコーキ、と千春は頭の中でくり返した。

「水の上を歩けるんだ」

俊太が後をひきとった。聞《き》き慣《な》れない響《ひび》きが、水上、歩行、と漢字に変換《へんかん》された。

「両足に、靴《くつ》みたいにはくんだよ」

おじさんが発泡《はっぽう》スチロールの部品を左右の手にひとつずつ持って、軽く打ちあわせた。部品を動かしながら、解説《かいせつ》する。

「ここの、かかとのところに、ひれもつける。歩こうとすると、つま先がこう沈《しず》んで、かかとは反対に浮《う》きあがる。そしたら、くっついてるひれもいっしょに動いて、水をかくだろ?　その力で前進する」

「試作品ができあがったら、プールで実験するんだ」

俊太が言いそえた。

「まだ第一号だから、ちゃんと歩けるかはわからんけどな。よかったら、きみもおいで」

おじさんに誘《さそ》われ、反射的《はんしゃてき》にうなずいてしまったものの、無理かもしれないと千春はこっそり思い直した。プールに行くなら水着も必要だし、お母さんに疑《うたが》われないような言《い》い訳《わけ》を「発明」しなければいけない。

「ああ、楽しみ」

俊太《しゅんた》はのんきにはしゃいでいる。

「できあがったら、バンパクに出そうよ」

「バンパク？」

千春は聞き返した。

「え、長谷川、バンパク知らないの？」

俊太の小ばかにしたような口ぶりに、かちんときた。おじさんがあきれ顔でとりなしてくれた。

「自分もこないだまで知らなかったじゃないか」

「まあね」

俊太はあっさりと認《みと》めた。特に悪気はないらしい。

「バンパクっていうのは、万国博覧会《ばんこくはくらんかい》の略《りゃく》。五年に一度、世界のどこかで開かれる。オリンピックみたいに、毎回ちがう国でね」

おじさんが千春に説明する。

「おれが子どものとき……ああ、たぶんきみらと同じくらいのころかな……ちょうど日本でやったんだ」

万博《ばんぱく》では、世界中の参加国が、その時代における最先端《さいせんたん》の技術《ぎじゅつ》や芸術にまつわる出品を行う。その年に日本から出された目玉の品は、ワイヤレスホンや電気自動車、リニアモーターカーの模型《もけい》などだった。

「ワイヤレスホンは、携帯《けいたい》電話の原型だよ。電気自動車もリニアモーターカーも、その後何十年も研究を続けて、今のかたちになった」

ほかにもいろいろな展示《てんじ》があった。未来に実現《じつげん》されるべき発明の種が、ひしめきあっていた。日本人も外国人も、さまざまな色の肌《はだ》を興奮《こうふん》でほてらせ、異《こと》なる言語で感嘆《かんたん》の声を上げつつ、会場を歩きまわっていた。

「そりゃもう、ものすごい熱気でね。わくわくして、夢中《むちゅう》で見てまわったよ」

おじさんはうっとりと目を細めている。

「おれが発明家になろうと思ったのは、あれがきっかけなんだ」

小学生だったおじさんの姿《すがた》を、千春は想像《そうぞう》してみようとしたけれど、うまくいかなかった。

それにしても、小学生のときに発明家になると決意して、何年もかけて実際《じっさい》になってしまうなんて、すごい。しっかり者の紗希《さき》でさえ、将来《しょうらい》の仕事はまだ決めきれていないようで、外交官か、ニュースキャスターか、弁護士《べんごし》もいいかも、と言うことがくるくる変わる。千春の場合は、おとなになったらなにになりたいか、どころか、中学に入ってなにをやりたいかすら、よくわからない。

「おれも将来は発明家になる」

たいくつそうにお店の中をうろうろしていた俊太《しゅんた》が、話に割《わ》りこんできた。

「こないだはサッカー選手って言ってなかったか？」

「うん、どっちか」

調子よく言う。調子がよすぎるような気が、千春にはする。

「おじさん、弟子にしてよ」

「いやだよ。おれは師匠《ししょう》なんて柄《がら》じゃないし、発明家は基本的《きほんてき》に群《む》れない。一匹狼《いっぴきおおかみ》ってやつだ」

「なんだよそれ。つまんないの」

俊太は一匹狼とはほど遠い。友だちが多く、学校でも仲のいい男子数人で集まって、わいわいと騒《さわ》いでいる。授業中《じゅぎょうちゅう》でさえ、そばの席の子とむだ話をして、ときどき先生にも注意されている。

「ん？　降《ふ》ってきたか？」

おじさんが話を中断《ちゅうだん》して、外を見やった。さっきまで晴れていたのに、いつのまにか外はどんよりと暗くなっている。窓《まど》に駆《か》け寄《よ》った俊太が顔をしかめた。

「げ。雨だ」

「そういや、夕方から天気がくずれるってヤエさんが言ってたな。ふたりとも、あんまりひどくならないうちに帰ったほうがいい」

おじさんにうながされて、千春も椅子《いす》から立った。

「そろそろ本格的《ほんかくてき》に梅雨入《つゆい》りかもな」

今朝、お母さんもそう言っていた。すすめられたとおりに折《お》りたたみ傘《がさ》を持ってきて、正解《せいかい》だった。

お母さんは毎朝、テレビの天気予報《よほう》を熱心に観《み》る。千春に傘を持たせるか、コートを着せるか、スカートの下に靴下《くつした》をはかせるかタイツをはかせるか、判断《はんだん》するためだ。

「やべえ、おれ、傘持ってない」

俊太《しゅんた》のお母さんは、ちがうんだろうか。それとも、男子だし、親の言うことなんか聞かないのか。千春が考えめぐらしていたら、ぱっと俊太が顔をほころばせた。

「そうだ。おじさん、あれ貸《か》してよ」

「またか?」

おじさんがしぶい顔をする。

「まだ実験段階《だんかい》なんだけどなあ」

「大丈夫《だいじょうぶ》、大丈夫。こないだもちゃんと使えたし」

「しょうがないな」

おじさんは作業台の下をごそごそと探《さぐ》り、白い棒《ぼう》を取り出した。

「やったあ」

俊太が棒を受けとって高くかかげ、自慢《じまん》げに胸《むね》を張《は》ってみせる。

「いいだろ。カザだよ」

千春はあっけにとられた。それはどう見ても傘《かさ》ではなくて、棒だった。肝心《かんじん》の、雨をさえぎるための布《ぬの》やビニールが、どこにもない。ひょっとして、ほかにもまだ部品があるのだろうか。

「ごめんな。カザは一本しかないんだ」

おじさんが千春にあやまった。

「ふつうの傘を貸《か》そうか？　おとな用のだから、ちょっと大きいけど」

「ううん。わたしはいい。折りたたみ傘、持ってるから」

千春はあわてて首を振《ふ》った。無意識《むいしき》のうちに、うらやましげな顔になっていたのかもしれない。

どのみち、こんな変てこな傘を、家に持ち帰るわけにはいかない。お母さんをびっくりさせてしまう。

「見て見て！」

ひと足先に外へ飛び出していった俊太《しゅんた》が、嬉々《きき》として呼《よ》んでいる。千春もランドセルを背負《せお》って軒先《のきさき》まで出た。少しのあいだに、雨は一段《いちだん》と激《はげ》しくなっている。

「すげえだろ！」

カザを実際《じっさい》に使っている俊太の姿《すがた》は、予想した以上に変てこだった。棒《ぼう》の持ちかたは、ふつうの傘《かさ》をさすときと、ほぼ変わらない。地面と垂直《すいちょく》になるように立てて、下の端《はし》を握《にぎ》る。スイッチを入れると、反対側の端から強い風が周囲に噴《ふ》き出《だ》し、降《ふ》ってくる雨をはじき飛ばすしくみだ。布《ぬの》やビニールのかわりに、風が透明《とうめい》なまるい天井《てんじょう》になって、下にいる人間を雨から守る。

「カザのカサだから、あいだをとってカザなんだ」

誇《ほこ》らしげな俊太の声に、ブブブブ、とおかしな音が重なった。

「あれ？」

俊太がカザの先を見上げた。次の瞬間《しゅんかん》に、冷たい水しぶきが千春の顔を直撃《ちょくげき》した。

「わっ！」

どういうわけか、カザが四方八方に雨をまき散らしはじめたのだった。おじさんが千春と俊太のあいだに割《わ》って入り、叫《さけ》んだ。

「とめろ、とめろ！」

カザの音がやんだ。同時に、俊太の頭上に雨がしこたま降《ふ》りそそいだ。

ばたばたと軒先《のきさき》に駆《か》けこんできた俊太は、髪《かみ》の毛《け》からしずくをしたたらせ、情《なさ》けない声を出した。

「びしょびしょだ」

「だから言っただろ。ちょっと待ってな」

おじさんが店の中に引き返し、バスタオルをとってきてくれた。まず千春の顔をそっと拭《ふ》いてから、俊太の頭にふわりとかぶせる。

「よく拭きな。風邪《かぜ》ひくぞ」

おじさんのTシャツも胸《むね》のあたりがまだらに濡《ぬ》れて、水玉模様《みずたまもよう》になっている。

それ以来、千春はたまにお店で俊太《しゅんた》と出くわすようになった。サッカークラブに入っている俊太は、練習のある日は来られないし、千春も毎日行っているわけではないのに、なぜか鉢《はち》あわせすることがあるのだ。

内心、がっかりする。

ふたりきりでないと、おじさんとゆっくり話せない。発明の手伝いも、俊太が率先《そっせん》してやりたがるので、千春からは手を出しづらい。かといって、俊太に遠慮《えんりょ》してお店に行かないというのも、なんだか悔《くや》しい。俊太のほうは、千春の存在《そんざい》をまるで気にしていないようだから、よけいに。

俊太はどうも、千春よりも自分のほうがおじさんと親しいと思いこんでいるふしがある。初対面の日に、千春が万博《ばんぱく》やカザについて知らなかったせいかもしれない。たとえば発明品のしくみや、おじさんの昔やっていた仕事の話題になったときは、まるで入学してきたばかりの一年生に六年生が小学校の決まりを教えてあげるみたいに、千春に説明しようとする。知ってる、と千春がさえぎると、つまらなそうに口をつぐむ。反対に、千春だけが知っていることもあった。「たまねぎ」と「はちみつ」の意味を解説《かいせつ》してみせたら、俊太はこれまたつまらなそうに聞いていた。

千春が帰る時間になっても、俊太はまだお店に居座《いすわ》っている。カザを借りて帰ったこともあるというし、てっきり両親にもおじさんの話をしているのかと千春は思っていたが、そうではないらしい。

「どこでなにしてたかとか、いちいち家で言わないよ」

俊太は当然のように言ってのけた。共働きの両親も、年の離《はな》れた姉や兄も、それぞれ忙《いそが》しい。末っ子が妙《みょう》な傘《かさ》を持ち帰ろうが、多少帰りが遅《おそ》くなろうが、特に気づかないという。

「うちの親、放任《ほうにん》だからな。自己責任《じこせきにん》で行動しなさい、っていつも言ってる」

放任も自己責任も、知らないわけではないけれど、千春にとっては耳慣《みみな》れない言葉だ。俊太は子どもっぽいように見えて、たまにむずかしい言いまわしを使う。お姉さんやお兄さんの影響《えいきょう》もあるのだろうか。

お店で会話をかわすようになった当初は、教室でもなれなれしく話しかけられたらどうしよう、と千春はやや警戒《けいかい》していたけれど、それはなかった。あまり細かく気をまわす性格《せいかく》ではなさそうな俊太《しゅんた》にも、おじさんの店と学校とはまったく別の場所だという意《い》識《しき》はあるのかもしれない。少なくとも千春の知る限《かぎ》りでは、友だちをお店に連れてくるようなこともなかった。

夏休みに入ってしばらくのあいだ、千春はおじさんの店に行きそびれていた。家の外へ出ること自体、少なかった。去年までは、週に一度か二度は紗希《さき》と遊んでいたけれど、今年は塾《じゅく》の夏期講習《かきこうしゅう》が詰《つ》まっているらしい。お母さんと近所のスーパーマーケットや商店街には行くものの、ふたりでおじさんの店に立《た》ち寄《よ》るわけにもいかない。こうなってみると、「放任主義《ほうにんしゅぎ》」の俊太のうちが、ちょっとうらやましい。

八月に入ってようやく、千春はひとりで外出した。学校の花壇《かだん》の水やり当番にあたっていたのだ。ふたりひと組で、千春は紗希といっしょだった。

「千春、今日は何時くらいに帰ってくるの?」

朝ごはんのときに、お母さんから聞かれた。

「わかんない。水やりの後、紗希んちに行くかも」

塾《じゅく》がない日にしたので、紗希も今日は空いているはずだ。休み前にも、できたら遊ぼうよ、と言っていた。

「じゃあ、家でお昼を食べるかわからないのね。どうしようかな。お母さん、十二時前にはもう出ちゃうんだけど」

お母さんは午後から中学校の同窓会《どうそうかい》に出席することになっている。千春も来てもいいよ、と誘《さそ》われたけれど、水やり当番があるから断《ことわ》った。

実は、当番がなかったとしても、気は進まなかった。何年か前に連れていかれて、全然楽しくなかったのだ。

お母さんの中学は女子校なので、来ているのはみんな女のひとだった。会場はにぎやかなざわめきと化粧品《けしょうひん》のにおいで満たされていた。千春と同じ年頃《としごろ》の子どももけっこういて、何人かはすぐにうちとけ、楽しそうにあたりを走りまわっていた。

彼《かれ》らを横目に、千春は会が終わるまでお母さんのそばを離《はな》れなかった。

「ごめんね。この子、すごく人見知りで」

お母さんは苦笑まじりに言《い》い訳《わけ》していた。

「いいじゃない。うちの子なんか、もう親に見むきもしないもの」

「うちも、うちも」

「女の子はこのくらい奥《おく》ゆかしいほうがいいって」

お母さんのまわりで話していた友だちがくちぐちに言って、さざなみのように笑いが起こった。

「そうかなあ」

お母さんが千春の頭を軽くなでた。お母さんからも、いつもはしないお化粧《けしょう》のにおいがただよった。

いつもとちがったのは、においだけではない。お母さんの声はいつもよりだいぶ高かったし、表情《ひょうじょう》や身ぶり手ぶりも、いつもよりおおげさだった。父方のおばあちゃんの家に行くときや、紗希《さき》のお母さんと会うときも、家にいるときと比《くら》べればよそゆきな感じになるけれど、あそこまでじゃない。千春はどうにも落ち着かず、くつろいで遊ぶ気にもなれなかった。

「ねえ、千春ちゃんって、昔のハルにちょっと雰囲気似《ふんいきに》てない？」

「あ、わたしもそう思った」

ハル、とお母さんは友だちから呼《よ》ばれていた。

お父さんはお母さんを、「お母さん」と呼んでいる。たまに「春美」と名前を呼び捨《よす》てにするときもある。母方のおじいちゃんとおばあちゃんも「春美」、父方のおじいちゃんたちは「春美さん」と呼びかける。

ハル、と呼ばれて笑ったりしゃべったりしているお母さんは、なんだか知らない女のひとみたいだった。

もちろん、あのときから千春はぐんと成長している。あんなふうに、わけもなく不安に襲《おそ》われることは、もうないかもしれない。興奮《こうふん》ぎみにしゃべりまくるおとなたちにも、あれほど気圧《けお》されはしないかもしれない。

それでもやっぱり、行かなくてすむならそのほうがいい。

「千春、もし家でお昼を食べるんだったら、自分であっためてくれる？　冷やごはんとカレーの残りが冷蔵庫《れいぞうこ》に入ってるから」

「わかった」

お母さんは千春がまだ朝ごはんを食べ終えていないうちから、片《かた》づけをはじめた。なんとなくそわそわしている。着替《きが》えたりお化粧《けしょう》をしたり髪《かみ》をまとめたり、身支度《みじたく》があるのだろう。

千春は少し早めに家を出ることにした。

「気をつけてね。紗希《さき》ちゃんのおうちに行ったら、お母さんにもちゃんとご挨拶《あいさつ》してね」

お母さんが玄関口《げんかんぐち》で見送ってくれた。千春はドアノブに手をかけ、ふと思いついて言ってみた。

「お母さんも、気をつけてね」

お母さんが千春と目を合わせ、ちょっと笑った。

「うん。ありがとう」

いつものお母さんだった。

そうしてうちを出たときには、千春は紗希と遊ぶつもりだった。そのまま、なにごともなければ、家へ行くことになったはずだ。

「この後、どうする？」

当番を無事に終え、ふたりで水道のホースをくるくると巻《ま》いて片《かた》づけながら、紗希は切り出した。

「うちに来てもいいよ」

「あ、ええと……」

千春は口ごもった。ホースはなかなかまとまらない。残っていた水がこぼれ、地面に黒い斑点《はんてん》が飛び散る。紗希が足をひっこめた。

「千春、もしかしてもう予定入れちゃった？」

「ごめん……」

予定、というのとは少しちがう。

学校へ来る途中《とちゅう》、時間に余裕《よゆう》があったので、千春はおじさんの店に寄《よ》ってみたのだった。朝早いからまだ開いていないかとも思いつつ、窓越《まどご》しに中をのぞいたら、すでにおじさんはいた。

それから、俊太《しゅんた》も。

ふたりは作業台にならんで座《すわ》っていた。おじさんはうつむいてなにかの部品をいじり、俊太はおじさんの太い腕《うで》に寄《よ》りそうようにして、器用な手つきに見入っていた。ときおり、なにか話したり、笑ったりもした。

ふたりとも、道に突《つ》っ立《た》っている千春にはまったく気づかなかった。

「いいよ。ちゃんと約束してなかったもんね」

「ごめんね」

紗希《さき》は怒《おこ》っているふうでもないけれど、やっぱり申《もう》し訳《わけ》なくて、千春はもう一度あやまった。

今日はどうしても、おじさんとゆっくり話したい。俊太と張《は》りあうつもりはないが、しばらく会わずにいるうちに、なんだか距離《きょり》が広がってしまった気がする。

「ううん、よく考えたら、今日はやめといたほうがいいかも。ママがぴりぴりしててさ、なんかめんどくさいこと言われそう」

紗希が巻《ま》き終《お》えたホースをバケツの中につっこんだ。

「あ、別に千春がどうこうってことじゃないからね。あたしとママの問題。クラス落ちちゃってから、勉強勉強ってほんとうるさいんだよね。で、うるさいって言い返したら、あんたのためを思って言ってるんでしょ、って怒《おこ》り出《だ》すし」

「それは……大変だね」

「大変だよ。もう、毎日けんか。千春のママは優《やさ》しくていいよね。うちみたいにがみがみ言わないでしょ？」

あれこれ注意はしてくるけれども、がみがみ、という感じではたしかにない。それに、千春とお母さんでは、けんかという感じにはならない。

「実は今朝ももめたんだ。まあいいや、この機会に仲直りしてみる」

ふうう、と紗希はおとなびたため息をついた。

帰りは紗希といっしょだったので、すきまの道は素通《すどお》りした。家にもどったのは十二時ごろで、お母さんはもういなかった。

あたため直したカレーライスを食べてから、千春は再《ふたた》び家を出た。午前中よりもさらに暑くなっている。真っ青な空からじりじりと太陽が照りつけ、数分歩いただけで汗《あせ》が噴《ふ》き出《で》てきた。

俊太《しゅんた》がもういませんように。心の中で念じながら、細い小道に足を踏《ふ》み入《い》れる。ひさしぶりに、おじさんと水入らずで話したい。次にいつ来られるかもわからない。こんな言いかたをするのはちょっと悪いかもしれないが、俊太がいたらたまねぎ、いなかったらはちみつだ。

つきあたりの角を曲がった瞬間《しゅんかん》に、答えは出た。

店先に立っている俊太の姿《すがた》を見て、千春の口の中にたまねぎの苦い味が広がった。おじさんもいる。それぞれ両手に大荷物を抱《かか》えている。

千春がおじさんとふたりで出かけたことは、一度もない。

「おっ」

気配を感じたのか、おじさんがこっちに顔をむけた。千春の気も知らないで、陽気に話しかけてくる。

「ひさしぶりだな。ちょうどよかった。いっしょに行くか?」

屋根のないこぢんまりとした駐車場《ちゅうしゃじょう》は、お店から歩いて三分ほどのところにあった。隅《すみ》に一台だけ、白い軽トラックがひっそりととまっている。

近づいてよく見たら、ものすごくおんぼろだった。フロントガラスはほこりっぽく曇《くも》っているし、車体もうす汚《よご》れてあちこち傷《きず》がついている。

「これ、ちゃんと動くの？」

俊太が疑《うたが》わしげにたずねた。千春も口には出さなかったものの、同じことを考えていた。めずらしく俊太と意見が合ってしまった。

「失礼なこと言うなよ。ヤエさんのご主人の愛車だぞ」

おじさんもここで働きはじめてから、何度か運転したことがあるという。お店の配達用に使っているらしい。

後ろの荷台には、角材やら、ポリタンクやら、ぐるぐる巻《ま》きにした防水《ぼうすい》シートのようなものやらが、雑然《ざつぜん》と置いてあった。お店から持ってきた荷物も、おじさんの手でてきぱきと積みこまれた。

「おれもこっちに乗る！」

荷台を見上げていた俊太《しゅんた》が、いきなり宣言《せんげん》した。

「だめだ、荷台に人間は乗れない。おまわりさんに怒《おこ》られる」

おじさんが答える。

「そうなの？　おれ、乗ってるの見たことあるよ」

「あれはな、積んである荷物が落ちないように見張《みは》ってるんだ」

「そっか、わかった」

俊太はにんまりと笑った。

「おれ、荷物を見張るよ」

「言うと思った」

おじさんが首を振《ふ》った。

「気持ちはわからなくもないけどな。おれも小学生だったら、断然《だんぜん》こっちに乗りたいね」

「だよね？」

「そんなに遠くもないし、まあ大丈夫《だいじょうぶ》か」

行き先は、海である。

夕方までには帰ってこられるというので、千春も連れていってもらうことにした。ついに完成した水上歩行器――アメンボのようにすいすいと水面を歩けるらしく、「アメーボ」と命名された――の試作品を、使ってみるという。このあいだ、市民プールで実験しようとしたら、監視員《かんしいん》にとめられてしまったらしい。

「やったあ。いっぺん乗ってみたかったんだ」

俊太はさっそく荷台に手をかけて、よじのぼろうとしている。

「待て待て、あせるな」

先におじさんが荷台に上った。ばらばらに置いてあった荷物を、荷台の縁《へり》に沿《そ》ってならべ直していく。

「よし。こんなもんか」

ひらりと地面に飛《と》び降《お》りて、俊太をかるがると抱《かか》えあげ、ぽんと荷台に乗せた。

「うわ、高い」

「奥《おく》のほうに座《すわ》って、走ってるあいだはじっとしててな。動くと危《あぶ》ないから」

おじさんに言われるまま、俊太は運転席と荷台をへだてる壁《かべ》に背《せ》をもたせ、ひざを抱えて三角座《さんかくずわ》りをした。

「これでよし、と」

おじさんが荷台の最後尾にまるめたシートを置くと、荷台の最後尾《さいこうび》にまるめたシートを置くと、俊太《しゅんた》の姿《すがた》は見えなくなった。荷物の壁《かべ》のむこうから、はずんだ声が聞こえてくる。

「すげえ、秘密基地《ひみつきち》みたいだ。すきまから外も見える」

おじさんが腰《こし》に手をあてて、千春を見下ろした。

「さてと。きみはどうする？」

千春はおじさんと荷台を見くらべた。

荷台の乗り心地は、ひどいものだった。

屋根がないのでおそろしく暑い。あいかわらず晴れわたった空から、もろに陽ざしが降《ふ》りそそいでくる。たいらな床《ゆか》は固く、出発してすぐにお尻《しり》が痛《いた》くなってきた。体の下から絶《た》えずがたごとと振動《しんどう》が伝わってきて、不用意に口を開けたら舌《した》をかみそうになるし、曲がるときにはしっかり手足をふんばらなければ、左どなりの俊太に寄《よ》りかかってしまいそうになる。

けれど、とても気持ちいい。からりと乾《かわ》いた風がびゅんびゅん吹《ふ》きつけてきて、汗《あせ》ばんだ肌《はだ》から熱が飛んでいく。

信号待ちでとまるたびに、千春も俊太も、なんとはなしに運転席のほうを振《ふ》りむいた。フロントミラー越《ご》しに目が合うと、おじさんもハンドルに手を置いたまま、こちらへ首をめぐらせる。大丈夫《だいじょうぶ》か、と口が動く。

「大丈夫！」

千春たちの返事がそろう。おじさんが握《にぎ》りこぶしを突《つ》き出《だ》し、親指を立ててみせる。

車が走っているあいだは、流れていく景色を荷物越しに眺《なが》めた。街はひたすら明るい。車や自転車がせわしなくゆきかい、街路樹《がいろじゅ》はみずみずしい緑に染《そ》まっている。知っているはずの通学路も、駅前の大通りも、どういうわけか、まるで別の場所みたいに見える。

俊太も一心に外を眺めていた。おれんちが見えた、とか、ユウジんちが見えた、とか、いつも行くファミレスが見えた、とか、いちいち指さしては声を上げる。その合間に、しつこく念を押《お》してくるのも忘《わす》れない。

「そういえば、一番にアメーボ使うのはおれだからな」

「わかってるって」

千春はうんざりして答えた。俊太《しゅんた》はやる気満々で、服の下にもう水着を着ているそうだ。千春も家からとってきたらどうかとおじさんはすすめてくれたけれど、後からお母さんに説明するのも面倒《めんどう》だから、このまま行くことにした。

「あ、海！」

俊太が歓声《かんせい》を上げ、左のほうへ身を乗り出した。

千春もそちらに顔をむけた。段《だん》ボール箱《ばこ》とポリタンクのあいだのすきまが、青く塗《ぬ》りつぶされていた。

海岸沿《ぞ》いの道を走りはじめると、俊太もようやくおとなしくなった。どこまでも続く水平線に、無言でみとれている。おだやかな波の上に、きらきら輝《かがや》く光の粒《つぶ》がおどっている。風に乗って届《とど》く潮《しお》のにおいを、千春は胸《むね》いっぱいに吸《す》いこんだ。

そこからまた十五分ばかり走って、軽トラックは駐車場《ちゅうしゃじょう》に入った。

車がとまるやいなや、俊太は荷台から飛《と》び降《お》りた。千春はおじさんの手を借りて、荷台から降ろしてもらった。

駐車場の裏手《うらて》には、こぢんまりとした入《い》り江《え》が広がっていた。色とりどりのレジャーシートやパラソルが、砂浜《すなはま》にぽつりぽつりと散らばっている。波打《なみう》ち際《ぎわ》で、千春たちよりも小さな子どもが数人、盛大《せいだい》に水をはね散らかして遊んでいる。沖《おき》のほうにサーフィンをしている人影《ひとかげ》も見える。

「穴場《あなば》なんだ」

おじさんが得意そうに言った。たしかに、千春が毎年家族で行く海水浴場に比《くら》べて、ずいぶん空《す》いている。

三人で手分けして、荷物を砂浜まで運んだ。千春と俊太が縞模様《しまもよう》のレジャーシートを広げ、そのかたわらにおじさんが大きなパラソルを立てた。日陰《ひかげ》になったシートの上に折りたたみ式のテーブルを出し、立派《りっぱ》なクーラーボックスと、ふくらんだコンビニ袋《ぶくろ》も置いた。

ひときわ巨大《きょだい》な段《だん》ボール箱《ばこ》には、海で使う道具が入っていた。空気の入っていない浮《う》き輪《わ》に、同じくぺたんこのゴムボート、空気入れ、それからもちろんアメーボも。

完成品を、千春ははじめて見た。ボート形の発泡《はっぽう》スチロールは、表面がなめらかにととのえられ、以前よりも格段《かくだん》に靴《くつ》らしくなっている。おじさんが説明していたとおり、水かきのような部品がかかとにくっつけられていた。

俊太《しゅんた》が手早く洋服を脱《ぬ》いで、水着一枚《まい》になった。上半身がTシャツのかたちにくっきりと日焼けしている。アメーボを両手にひとつずつ持ち、はずむように立ちあがった。

「じゃ、行ってくる」

「あそこらへんの岩場がいいかもな。波がさえぎられるから」

目の前に広がっている砂浜《すなはま》の、むかって右手を、おじさんが指さした。俊太の肩《かた》をぽんぽんとたたいて言いそえる。

「オオカミの口の中へ！」

千春には耳慣《みみな》れない言葉だった。どういう意味だろう。

「くたばれ、オオカミ！」

俊太がぴょんぴょん跳《は》ねながら叫《さけ》び返《かえ》した。ビーチサンダルを脱《ぬ》ぎ捨《す》て、海へむかっていちもくさんに走り出す。湿《しめ》った砂地《すなじ》に、足形のはんこが点々と続いていく。話し声が聞こえなくなる距離《きょり》まで俊太が遠ざかったのを見はからい、千春はおじさんにたずねた。

「さっきの、どういう意味？」

「さっきのって？」

「オオカミがなんとかっていう……」

おそろしげな響《ひび》きのわりに、ふたりの口ぶりはずいぶん楽しそうだった。

「ああ、あれか」

おじさんがにかっと笑った。

「イタリア語で、グッドラック、って意味だな。なにかに挑戦《ちょうせん》する相手に贈《おく》る言葉。日本語でいうと、幸運を祈《いの》る、かな」

そう聞いても、千春にはまだ腑《ふ》に落《お》ちなかった。オオカミの口の中へ入るなんて、幸運というより不運じゃないだろうか。

「いくつか説があるけど、もともとは狩《か》りに出るときに気合いを入れる合い言葉だったらしい。勇気を出して命がけでがんばれ、ってとこか」

水辺までたどり着いた俊太《しゅんた》は、岩の上に腰《こし》かけ、いそいそとアメーボを装着《そうちゃく》している。

幸運は、残念ながら訪《おとず》れなかった。

「おじさん、助けて！」

俊太に呼《よ》ばれて、おじさんと千春も岩場のほうへ行ってみた。

入《い》り江《え》の一部が大小の岩でまるく囲まれ、天然のプールみたいになっている。広さもちょうど学校のプールと同じくらいだ。おじさんの読みどおり、岩にさえぎられているおかげで波はない。

アメーボを装着した俊太は、ほとんど前へ進めていなかった。砂浜《すなはま》から勢《いきお》いをつけて駆《か》けこんでみても、岩の上からそろそろと慎重《しんちょう》に足を踏《ふ》み入《い》れてみても、海に入るなり、たちまち体勢《たいせい》をくずしてしまう。ぶざまにひっくり返るたびに、派手《はで》な水しぶきが上がった。

「だめだ。進めない」

とうとう海から上がってきて、砂《すな》の上にぺたりと腹《はら》ばいになる。

「重心が上になりすぎて、バランスが悪いのかな」

おじさんが首をかしげた。腰《こし》をかがめ、濡《ぬ》れた髪《かみ》のはりついた俊太の頭をなでる。

「そんなに落ちこむなって」

俊太にしてはめずらしくしょげているようなので、千春もちょっとかわいそうになってきた。

「はじめからうまくいくものなんか、めったにないからな。これから改良すればいい」

俊太がぴょこんと顔を上げた。

「そっか。どう改良する?」

勇んでたずねる。せっかく同情《どうじょう》してあげたのに、立ち直りが早い。

「それは、わからん」

「ええっ」

「まあ、そのうち名案を考えつくかも」

「のんきだなあ、おじさんは。がっかりしないの？」

俊太《しゅんた》が恨《うら》めしげに口をとがらせ、両足をばたつかせてアメーボを脱《ぬ》ぎ捨《す》てた。おじさんが意外そうに眉《まゆ》を上げる。

「がっかり？　なんで？」

「だって、あんなにがんばって作ったのに」

「がんばって作ったからこそ、こうして実験できてるんじゃないか。これは貴重《きちょう》な第一歩だ」

「貴重な第一歩？」

俊太が不服そうに問い返した。

「どこが？　大失敗だよ。なにをどう直せばいいかもわかんないんでしょ？」

千春の頭にも、まったく同じ疑問《ぎもん》が浮《う》かんでいた。おじさんは答えるかわりに、俊太にたずね返した。

「発明家にとって大事なことって、なんだと思う？」

「大事なこと？　えっと……ひらめき？」

俊太が言った。おじさんがゆっくりと首を横に振《ふ》った。

「努力?」

千春も言ってみた。天才とは九十九パーセントの努力と一パーセントのひらめきだという言葉を、いつか学校で習った覚えがある。

「エジソンか」

おじさんがにやりと笑った。

「とにかく努力しろ、ってやつな。でもあれって、実は全然ちがう意味なんだよ。知ってたか?」

「え?」

「そうなの?」

「ほんの少し、一パーセントのひらめきさえあれば、九十九パーセントのむだな努力をしないですむ、って言いたかったみたいだよ、エジソンは。それがまちがって解釈《かいしゃく》されちまったらしい。まあ、そもそも努力するのが大前提《だいぜんてい》だとは思うけどね」

おじさんがひざを折ってしゃがみ、砂《すな》まみれになったアメーボを拾いあげた。

「大事なのは、失敗してもくじけないこと。最初からとんとん拍子《びょうし》にうまくいっても、おもしろくないだろ。あきらめないで考え続けてれば、いつかひらめく」

うつぶせになっていた俊太《しゅんた》がすっくと立ちあがり、おなかについた砂《すな》をはらった。

「わかった。おじさん、もう帰ろうぜ」

おじさんの手からアメーボを奪《うば》いとる。

「早く帰って改良しよう、これ」

「今日はもういいだろう。せっかく来たんだし、ゆっくりしよう」

おじさんが俊太の頭に手を置いた。

「とりあえず、ちょっと休憩《きゅうけい》するか」


三人でパラソルの下まで引き返し、シートに座《すわ》った。

「コーラでも飲むか？　あと、麦茶もあるよ」

「コーラ！」

俊太が元気よく即答《そくとう》した。

「おれもビールはがまんだな。運転があるもんなあ」

おじさんは無念そうにぶつぶつ言って、クーラーボックスを開けた。流れ出した冷気がひんやりと千春のほおをなでた。

「きみは？　コーラ、それとも麦茶？」

「麦茶、下さい」

千春はコーラを飲んだことがない。あまり体によくないと言って、お母さんがきらっているのだ。家に置いていないのはもちろん、友だちの家でも、なんとなく敬遠《けいえん》してきた。

「じゃあ、コーラふたつに麦茶ひとつだな」

おじさんが茶色いびんを二本とペットボトルを一本、クーラーボックスから取り出した。千春にペットボトルを手渡《てわた》し、栓抜《せんぬ》きでびんのふたを手際《てぎわ》よく開ける。

「乾杯《かんぱい》しよう」

おじさんと俊太のびんがぶつかって、かちん、と澄《す》んだ音がした。千春のペットボトルだけは、ぱこん、とくぐもった音を立てた。

「ああ、うめえ」

俊太《しゅんた》は一気にびんの半分近くを飲んでしまった。おじさんも、ぐびりぐびりとのどを鳴らしている。

「うん、うまい。麦茶も冷えてるか?」

「うん」

よく冷えていて、おいしい。おいしいけれど、知らず知らず、千春の目はおじさんの手もとへと吸《す》い寄《よ》せられていた。

「コーラもちょっと飲むか?」

おじさんがびんを振《ふ》ってみせた。細かい泡《あわ》がつぷつぷと下から上へ流れていくのが、ガラス越《ご》しに透《す》けて見える。俊太も残っていたびんの中身を勢《いきお》いよく飲みほし、身を乗り出した。

「おれも、もう一本ちょうだい」

おじさんが新しいコーラを二本出し、栓《せん》を抜《ぬ》いた。

俊太はすかさずびんに口をつけ、ごくごく飲みはじめた。横目でそれとなく観察しつつ、千春もひとくちすすってみる。びんから直接飲《ちょくせつ》むというのも、千春にとってはめずらしい経験《けいけん》だ。

舌《した》にぴりりと刺激《しげき》が走った。ぎょっとして、くちびるを離《はな》す。なんとも不思議な味がする。おいしいのか、まずいのか、よくわからない。

「うまいなあ」

俊太の声につられて、もう一度飲んでみる。心の準備《じゅんび》ができていたせいか、口の中でしゅわしゅわとはじける炭酸《たんさん》にも、さっきほど違和感《いわかん》はなかった。独特《どくとく》の甘《あま》みと風味が、じんわりと広がっていく。

「どう?」

おじさんにたずねられて、千春はとりあえずうなずいた。おいしい、ような気がする。

それからしばらく、海で遊んだ。

遊んだといっても、水の中に入ったのは俊太だけだった。ついさっきまでめげていたくせに、ちゃっかりボートや浮《う》き輪《わ》をひとりじめして、上機嫌《じょうきげん》で波にゆられていた。千春は砂浜《すなはま》で、きれいな貝がらや、つるつるした小石を拾った。おじさんも手伝ってくれて、たくさん集まった。

そのうちに、ひとりでさびしくなったのか、俊太《しゅんた》が沖《おき》のほうからもどってきた。

「海、気持ちいいよ」

誘《さそ》うように声をかけてくる。

「わたしはいい」

千春は断《ことわ》った。濡《ぬ》れた服で帰ったら、お母さんに不審《ふしん》がられてしまう。

「足だけでも、つけてみるか」

おじさんがビーチサンダルを脱《ぬ》いで浅瀬《あさせ》に入っていく。千春もはだしになって、寄《よ》せてくる波におそるおそる足をひたしてみた。水は思いのほか冷たくて心地いい。

「おっ、魚だ」

おじさんが下をむいて声を上げた。ゆらめく波の奥《おく》に、千春も目をこらす。

「その、ちっちゃい銀色のやつ?」

「うん。なんの魚かな」

おじさんは背中《せなか》をまるめ、しげしげと魚を観察している。背後《はいご》から俊太も近づいてきた。仲間に入れてほしいのかと思いきや、千春の視線《しせん》に気づくと、くちびるの前にひとさし指を立ててみせる。どうやら悪だくみをしているらしい。

おじさん、と千春が声をかけようとしたとき、すでに俊太はおじさんのすぐ後ろに忍《しの》び寄《よ》っていた。サッカーのシュートを打つときのように、片足《かたあし》で水をけりあげる。

「すきあり!」

「うわっ」

しぶきをかけられたおじさんが、飛びあがった。俊太はけらけら笑いながら、海のほうへ逃《に》げていく。

「おれに水をかけるなんざ、四十年早い!」

服が濡《ぬ》れるのもかまわずに、おじさんは海の中へざぶざぶと突進《とっしん》し、あっというまに腰《こし》のあたりまで水につかってしまった。逃げまどう俊太をつかまえて、ばしゃばしゃと水をかけ返す。

「やめて!　水が口に入った!」

俊太《しゅんた》はけたたましい悲鳴を上げている。おじさんがサッカーの得点を決めた選手みたいに、愉快《ゆかい》そうにばんざいして天をあおいだ。

「自業自得《じごうじとく》だ！」

体が大きいのを除《のぞ》けば、しぐさも、やっていることも、小学生の男子と変わらない。

砂浜《すなはま》で眺《なが》めている千春にむかって、手招《てまね》きする。

「きみもおいで」

「わたしは、ちょっと」

後ずさった拍子《ひょうし》に、千春は尻《しり》もちをついてしまった。

「こけた！　だっせえ！」

はやしたてる俊太を無視《むし》して立ちあがり、お尻についた砂《すな》をはらって、パラソルの下まで避難《ひなん》した。荒《あら》っぽい男子の遊びには、ちょっとついていけない。

「千春、ちょっと」

お母さんが低い声で切り出したのは、それからちょうど一週間後のことだった。

「なあに？」

千春は身がまえた。お母さんの眉間《みけん》に寄《よ》ったしわは、これからお説教がはじまるしるしだ。

ただ、心あたりがなかった。

お母さんにしかられるときは、前ぶれがある。部屋を片《かた》づけなさい、と注意されるとか、テレビを見すぎじゃないの、とたしなめられるとか。それを適当《てきとう》に受け流していると、本格的《ほんかくてき》に怒《おこ》られる。

頭の中で、記憶《きおく》をたどる。ここ最近、そういう小言を言われた覚えはない。夏休みの宿題は計画的に進めている。自分の部屋はまずまず片づいているし、お手伝いもちゃんとやっている。朝寝坊《あさねぼう》も夜ふかしもしていない。

「先週の金曜日のことなんだけど」

と言われてはじめて、あっと思いあたった。

「千春、海に行ったの？」

とっさに否定《ひてい》できなかった。たぶん、しても同じだっただろう。千春って考えてることがすぐ顔に出るよね、とよく紗希《さき》にもからかわれる。

あの日、千春が家に着いたとき、お母さんはまだ帰ってきていなかった。

洋服は濡《ぬ》らさなかった。くっついていた砂《すな》も念入りにはらい落とした。拾った小石や貝がらは、おじさんの店であずかってもらっている。黙《だま》っていれば、海に行ったとは知られないはずだった。

「おとなりのおばさんが、千春のこと見かけたって」

お母さんが言った。

千春たちが駐車場《ちゅうしゃじょう》に着いたときに、すれちがったらしい。むこうの一家は帰ろうとしているところで、急いでいて声はかけそびれたという。

「うちからけっこう遠いし、ひとちがいじゃないですかってお母さんは言ったんだけど、たしかに千春だったって。そういえば、千春のビーチサンダルが砂まみれだったから、おかしいなと思ってたのよ」

お母さんはいったん言葉を切って、千春の目を正面から見た。次になにを聞かれるのか、千春にも見当がついた。

「男のひとといっしょだったんだって？」

ご親戚《しんせき》ですか、とおとなりのおばさんは言っていたそうだ。いいですね、とっても仲がよさそうで、と。

「誰《だれ》なの？」

お母さんの眉間《みけん》のしわが、一段《いちだん》と深くなっている。

おじさんが誰なのか、千春は一生懸命《いっしょうけんめい》に説明した。海でアメーボの実験をしていたことからはじまって、スカートのしみ抜《ぬ》きをしてもらったこと、お店の看板《かんばん》をいっしょに作ったこと、そのほかのいろんな発明品のことも、全部話した。

こんなにたくさん、一気にしゃべるなんて、千春にとってはめずらしかった。ひょっとしたら、はじめてかもしれない。夢中《むちゅう》で話しているうちに、のどがかわいてきたけれど、それでも話し続けた。おじさんがどんなに親切でおもしろくて物知りかが、伝わるように。お母さんが心配する必要はどこにもないと、納得《なっとく》してもらえるように。

お母さんは黙《だま》って聞いていた。もう怒《おこ》った顔はしていなかった。どちらかといえば、戸惑《とまど》っているようだった。反論《はんろん》も相づちも、差しはさまない。

千春の胸《むね》に、かすかな希望がわいてきた。お母さんも、わかってくれたのかもしれない。わかってほしいという千春の熱意が、届《とど》いたのかもしれない。

「おじさんのこと、今まで話してなくてごめんなさい」

最後にもう一度、あやまった。

「でも、本当にいいひとなんだよ」

ふう、とお母さんが深くため息をつき、千春と目を合わせた。なんともいえない顔つきだった。

「あのね、千春。世の中には、いろんなひとがいるの」

かんでふくめるように、お母さんは言った。千春はくちびるをかみしめた。

「おじさんは、いいひとだよ」

言い返した声が、震《ふる》えてしまった。

「いいひとそうに見えても、本当にそうとは限《かぎ》らないのよ。千春はまだ子どもだから、わからないかもしれないけど」

お母さんには、伝わっていなかったようだった。なんにも伝わっていない。千春がこれだけ必死に、心をこめて話しているのに。

「だいたい、ちゃんと働いてもいないんでしょう、そのひと？」

「働いてるよ。言ったでしょ、修理屋《しゅうりや》さんでアルバイトをしてるって」

「ふつう、まともなおとなの男のひとは、アルバイトじゃなくてきちんと働くの。お父さんみたいに」

静かに、それでいてきっぱりと、お母さんは答える。

「少なくとも、仕事中に子どもと遊んだりはしないはず」

「別に、遊んでるわけじゃ……」

「海に行ったり、お店でしゃべったりしてるんでしょう？」

ぴしゃりとさえぎられて、千春は口をつぐんだ。弁解《べんかい》したいのに、うまく言葉にならない。

「本当に、なんにも変なことはされてないのね？」

お母さんが探《さぐ》るようにたずねた。千春の頭に、かっと血が上った。

「されてないよ！」

「そう。それならよかった」

お母さんが少し声を和《やわ》らげた。

「お母さんはね、千春のためを思って言ってるの。千春に危《あぶ》ない目やつらい目に遭《あ》ってほしくないから」

「でも、おじさんは……」

おじさんは、いいひとだ。

たしかに、ちょっと変わってる。お父さんや先生や、千春のまわりにいるほかのおとなとは雰囲気《ふんいき》がちがう。だけど、「子どもを危ない目やつらい目に遭わせるようなことは、しない。絶対《ぜったい》にしない。春に出会って以来、いっしょに時を過《す》ごしてきた千春には、よくわかる。

どうしてお母さんにはわからないのか、わかろうとしてくれないのか、全然理解《りかい》できない。

「なにかあってからじゃ遅《おそ》いのよ」

お母さんが鋭《するど》い声で言った。

「千春、約束して。そのお店にはもう二度と行かないで」

真剣《しんけん》なまなざしから逃《のが》れるように、千春はうつむいた。目と耳がものすごく熱くなっている。

「いい？　約束よ？」

お母さんが続けた。おだやかなのに、有無《うむ》を言わさない口ぶりだった。

「わかった」

下をむいたまま、千春は声をしぼり出した。涙《なみだ》がひと粒《つぶ》こぼれ落ち、スカートにしみを作った。

もういい。お母さんにはどうせ、なにを言ったって通じない。


夏休みの終わりに、千春は近所の図書館に行った。

子どもむけの本が置かれた一画《いっかく》は、けっこう混《こ》んでいた。宿題のためだろうか、小声で相談しながら本棚《ほんだな》を物色《ぶっしょく》している親子連れもいる。千春も一冊《さつ》選び、近くに腰《こし》かけようとしたけれど、ソファも椅子《いす》も埋《う》まってしまっていた。

座《すわ》れる場所を探《さが》しているうちに、いつのまにか一般書《いっぱんしょ》のコーナーに足を踏《ふ》み入《い》れていた。上から下までおとなの本がずらりとならんだ棚《たな》は、見慣《みな》れている児童書のそれよりもずっと高く、ほとんど天井《てんじょう》まで届《とど》きそうだ。蛍光灯《けいこうとう》の光がさえぎられて、通路はほの暗い。

そのつきあたりに、空いている椅子《いす》をひとつ見つけた。

歩き出しかけて、千春はびくりとして立ちどまった。数メートル先で棚を眺《なが》めている人影《ひとかげ》に、見覚えがあった。

おじさんだった。千春には、気づいていない。

つかのま、ためらった。このまま、まわれ右をして立ち去ることもできる。でもこれは、突然《とつぜん》お店に行かなくなった理由をおじさんに伝える、またとない機会だ。千春がおじさんに会いたくないわけでも、お店のことを忘《わす》れたわけでもなくて、お母さんのせいなのだと説明したい。

心を決めて、千春は足を踏み出した。お母さんとは、お店に行かない、と約束したのだ。おじさんと話をしない、じゃなくて。

日本の小説

「おじさん」

千春がささやきかけると、おじさんは手に持っていたぶあつい本を取り落としかけた。アルファベットのびっしりならんだページが、ちらりと見えた。

「おお、ひさしぶり」

目をまるくして、千春を見下ろす。

「どうした？　こわい顔して」

「話があるの」

「それは長い話？」

おじさんはひざを折って千春と目線を合わせ、ひそひそとたずねた。

「ちょっと長くなる、かも」

「じゃあ外のほうがいいな」

図書館のまわりをぐるりと囲んでいる遊歩道に、おじさんは千春を案内してくれた。

昼さがりの強い陽ざしが照りつける小道は、閑散《かんさん》としていた。せみがせっぱつまった勢《いきお》いで鳴いている。千春はいつも正面玄関《げんかん》からすぐに建物の中へ入ってしまうので、こんな道があるとは知らなかった。

遊歩道に沿《そ》ってぽつぽつとならんだベンチのうち、日陰《ひかげ》になっているひとつに、ふたりで腰《こし》を下ろした。左右に植えられた桜《さくら》の大木が、みっしりと葉をつけた枝《えだ》をさしのべ、直射日光《ちょくしゃ》をさえぎってくれている。

千春の話を聞き終えたおじさんは、なるほどね、とうなって腕《うで》を組んだ。

「お母さんの気持ちもわかるな」

「わかるって？」

千春は聞き返した。てっきり、おじさんは千春の味方をしてくれるものだとばかり思っていた。

「かわいい娘《むすめ》が、どこの誰《だれ》ともわからん妙《みょう》なおやじと仲よくしてるって知ったら、そりゃ心配するよ。近頃《ちかごろ》は物騒《ぶっそう》な事件《じけん》だって多いし」

どこか他人ごとのように、おじさんは言う。一方的に誤解《ごかい》されているというのに、腹《はら》を立てるそぶりもない。

「で、きみはどうしたい？」

「わたし？」

思いがけず質問《しつもん》を返され、千春は言葉につまった。

「もちろん、お店に遊びにいきたいよ。今までどおりに」

「そうか。だったら、お母さんにもそう言えば？」

「言ったよ。でもお母さん、全然聞いてくれないんだもん」

いらだちがよみがえってきて、訴《うった》える。

「わたしは子どもだから、世の中のことがわかってないって。ひどくない？　おじさんのことだって、よく知らないのに疑《うたが》ったりして」

「しょうがないよ。お母さんにとっちゃ、赤の他人なんだから。知らないからこそ信用できないだろ。あとはショックもあるかもな。子どもに親の知らない世界があるってのは、さびしいもんだ」

聞いているうちに、千春はだんだん悲しくなってきた。おじさんにとって、千春はそれこそ「赤の他人」にすぎないのだろうか。お店に来ても来なくても、どっちだっていいのかもしれない。千春と会えなくなっても、別にかまわないのかもしれない。

「もういい」

勢《いきお》いをつけて、ベンチから立ちあがる。

「どうした？」

「おじさんにとっては、どうでもいいことでしょ？」

声がみっともなくうわずった。

おじさんがうすく口を開けてまばたきをした。それから、すっと表情《ひょうじょう》をひきしめて、座《すわ》ったまま千春に両手をさしのべた。

「どうでもよくないよ」

手をとられて、千春はおじさんを正面から見下ろした。

「悪かった。つい、親の気持ちになっちまった。おれも、きみに会えなくなるのはさびしいよ」

「ほんとに？」

「ほんとだよ」

おじさんはまじめな顔で何度もうなずいた。千春はベンチに座り直した。

「もう一度、お母さんとじっくり話したら？」

「どうせまた聞いてくれないよ」

「まあまあ、そうやって決めつけないで。きみだって、お母さんにいろいろ決めつけられて、いやだったんだろ？」

「そうだけど」

「たいていの人間は、決めつけられるのがきらいなんだよ……って、これも決めつけだな」

おじさんが首を振《ふ》り、千春の目をのぞきこんだ。

「いいか。どうせわかってもらえない、って考えるのは、相手を信じてないからだ」

たしかに、そうかもしれない。

「そういう気持ちはな、口に出さなくたって伝わっちまうんだよ。それで、話がますますこじれてく」

考え考え、おじさんは言葉を継《つ》いでいく。千春に言い聞かせながら、自ら頭の中を整理しているようでもあった。

「だけど、よく考えてみな。自分のことを信じてくれてない人間のことを、きみは信じられるか？」

「でも、お母さんのほうだって、わたしのことを信じてくれてないわけだよね？」

千春はお母さんを、お母さんは千春を、それぞれ信じきれていない。そういう意味では、おたがいさまなのだ。

「そういうときは、こっちから歩《あゆ》み寄《よ》ってやらなきゃ」

おじさんが千春の頭をわしゃわしゃとなでた。

「きみなら、できる」

できる、だろうか。千春がなんとも答えられずにいたら、おじさんはにやりと笑った。

「もういい！」

だしぬけに甲高《かんだか》い作り声をはりあげられ、千春はたじろいだ。

「……なんて言わずに、な」

おじさんはさっきの千春のまねをしたつもりらしい。こうして再現《さいげん》されてみると、すごく子どもっぽい。

「そうだ。手、出して」

おじさんが言った。ポケットを探《さぐ》り、千春の差し出した手のひらに、黄色いかたまりをぽんとのせる。

「なあに、これ?」

小鳥のかたちをした、陶器《とうき》の置きもののようだった。片手《かたて》にすっぽりおさまるほどの大きさで、胸《むね》をまるくふくらませ、ぴんと尾《お》を張《は》っている。表面に、色あざやかな塗料《とりょう》で、つぶらな黒い目と赤いくちばしと金色の羽が描《か》き入《い》れられていた。

「笛だよ。南米の奥地《おくち》で暮《く》らしてる、少数民族の」

よく見たら、小鳥のくちばしと尾の先に、ひとつずつ小さな穴《あな》が開いている。

「クルピっていうんだ。現地《げんち》の言葉で、誰《だれ》かを呼《よ》ぶ、って意味らしい。しっぽのところに、口をつけて吹《ふ》く」

会いたいひとの顔を思《おも》い浮《う》かべながらこのクルピを吹けば、相手に笛の音が届《とど》くのだという。

「地元の通訳《つうやく》に教えてもらったんだ。話を聞いたときは、半信半疑《はんしんはんぎ》だったけどな。そしたら、むこうもおれが信じてないってわかったみたいで、実際《じっさい》に吹《ふ》いてみせてくれた」

するとと、しばらく経《た》ってから、何キロも離《はな》れた自宅《じたく》にいた彼《かれ》の奥《おく》さんが、おじさんたちのところまでやってきた。笛の音が聞こえたから、と言って。

「びっくりしたよ。どういうしくみなんだろうな。すごいすごいって感動してたら、新しいのをゆずってくれた」

おじさんが指先でちょいと小鳥の頭をなでた。

「これ、きみにやるよ」

「いいの？　もらっちゃって」

「うん。おれに会いたいって言ってくれた、お礼に。ちょうど今さっき、文献《ぶんけん》を読んでたとこだったんだよ。正真正銘《しょうしんしょうめい》、本物みたいだぞ」

「ありがとう」

そんな不思議な力を宿した笛は、いったいどういう音がするんだろう。千春はわくわくしてクルピを口に近づけた。

「おっと、だめだめ」

おじさんが千春の腕《うで》をひっぱった。

「クルピは一回しか鳴らせないんだ」

「ええっ」

千春はあわてて手を下ろした。たった一度きりしか使えないなんて、いよいよ貴重《きちょう》なものだ。

「おじさん、ほんとにいいの？　会いたいひと、いない？」

おじさんはほんの一瞬《いっしゅん》だけ、宙《ちゅう》に視線《しせん》をさまよわせた。

「いや、いない」

あごひげをひとなでして、答える。

「でも、きみはまだ若《わか》い。どうしても会いたい相手に会えないってことが、将来《しょうらい》あるかもしれない。いや、たぶんある」

おじさんが千春の手のひらに自分の手をそえて、そっとクルピを包みこんだ。

「さてと。じゃあ、早く帰ってお母さんと話しな」

ベンチから立ち上がり、腰《こし》をかがめて千春と目を合わせる。

「信じろ。わかってもらえるはずだって。その気持ちは、きっと届《とど》く」

千春はこくりとうなずいた。おじさんがこぶしを握《にぎ》り、親指をぐっと立てた。

「オオカミの口の中へ！」


家に帰ってから、千春はさっそく切り出した。

「ねえ、お母さん。あのお店のことなんだけど」

「あのお店？」

お母さんが眉《まゆ》をひそめた。

「こないだ、十分話したじゃない」

とりつく島もない。ひるみそうになるのをこらえ、千春は続けた。

「もう一回だけ聞いて。お願い」

おじさんの言葉を思い返す。お母さんはきっとわかってくれるはず。この気持ちは、きっと届く。

「お願いします」

千春は頭を下げた。

「わかった。聞かせてちょうだい」

とお母さんが言うまで、そのままの姿勢《しせい》を保《たも》った。

食卓《しょくたく》にお母さんとむかいあって座《すわ》り、千春はおじさんのことを説明した。このあいだよりも、もっとくわしく。

発明の手伝いは、ただおもしろいだけじゃなく、理科の勉強にもなる。おじさんが聞かせてくれるいろんな国の話は、社会科の勉強になる。紗希《さき》とサナエちゃんの仲がこじれたときも、おじさんに助言をもらったおかげで、うまく仲裁《ちゅうさい》することができた。

「これからは、ちゃんと話すから」

とも、つけ加えた。

「お店に行くときも、お母さんに言ってからにする」

お母さんはじっと考えこんでから、顔を上げ、千春と目を合わせた。心の奥《おく》まで見とおそうとしているかのように、まばたきもせずに見すえられて、千春も視線《しせん》をそらさずに耐《た》えた。

お母さんがわずかに目を細め、ゆっくりと口を開いた。

「そうね。千春がそこまで言うんだったら……」

「ありがとう、お母さん！」

千春は思わず身を乗り出した。おじさんの言ったとおりだった。心をこめてしっかり話せば、通じるんだ。

「ただし」

お母さんが続けた。またしても、むずかしい表情《ひょうじょう》にもどってしまっている。

「なあに？」

千春はこわごわたずねた。ついにわかってもらえたと思ったのに、早とちりだったんだろうか。

「そのおじさんに、お母さんも会いたい」

と、お母さんは言った。

お母さんが着替《きが》えるのを待って——普段着《ふだんぎ》でかまわないと千春は言ったのに、そういうわけにはいかないと却下《きゃっか》された――ふたりで家を出た。

お店が近づいてくるにつれて、だんだん千春はどきどきしてきた。

おじさんがどんなひとか、お母さんが自分の目でたしかめたいと考えてくれたのは、かたくなに聞く耳を持たなかった三週間前に比《くら》べれば、前進したといえるかもしれない。ただ、おじさんと実際《じっさい》に顔を合わせたお母さんがどう感じるかは、ちょっと不安だ。今ではこんなに仲よくなった千春も、初対面のときにはあやしいおとなだと警戒《けいかい》したのだ。

あれこれ考えているうちに、お店の前まで来てしまった。窓越《まどご》しに中をのぞいて、千春は声をもらした。

「あれ？」

「ここなの？」

お母さんが額《ひたい》の汗《あせ》をハンカチでおさえ、いぶかしげに聞く。

「ここなんだけど」

肝心《かんじん》のおじさんが、いない。

かわりに、めずらしくヤエさんが店番をしている。おじさんも千春といっしょに図書館を出たはずなのに、どこかで寄《よ》り道《みち》をしているのだろうか。出直したほうがいいかもしれない。

千春が思案していたら、ヤエさんがこちらに気づいた。にっこり笑って会釈《えしゃく》され、千春とお母さんは顔を見合わせた。

お店の中はひんやりと涼《すず》しかった。

「娘《むすめ》がこちらの店員さんと仲よくさせていただいているそうで、一度ご挨拶《あいさつ》をと思いまして」

冷たい麦茶を出してくれたヤエさんに、お母さんはかしこまって切り出した。

「まあまあ、ご丁寧《ていねい》にありがとうございます。ごめんなさいね、ちょっと外出中で。もうすぐもどってくるはずですから」

ヤエさんはおっとりと言った。

「この春から、ここで働かれてるそうですね」

お母さんがおもむろに店内を見まわした。まともなおとなはアルバイトなんかしない、という言葉を思い出して、千春はぎくりとした。

「ええ、そうなんですよ」

はらはらしている千春をよそに、ヤエさんはうれしそうに答えた。

「長く海外に赴任《ふにん》なさってて、日本にもどってくるタイミングで休職《きゅうしょく》することにしたんですって。ほんとに助かってるんです。あんな大企業《だいきぎょう》にお勤《つと》めの部長さんが、うちみたいな店で働いて下さるなんて、もったいない気もするんですけど」

「そうなんですか。知りませんでした」

お母さんに目で問われ、千春は小さく首を振《ふ》った。おじさんが橋を作っていたことや、海外を渡《わた》り歩《ある》いていたことは教えてもらったけれど、会社の規模《きぼ》や役職《やくしょく》については聞いたことがなかった。

「あら、ごぞんじなかった？ ええと、会社の名前はなんだったかしら。年とるといやねえ、なんでもすぐに忘《わす》れちゃって」

ヤエさんは首をひねっていたが、ぽんと手を打って立ちあがった。

「そうだ、名刺《めいし》をもらってたんだったわ。ちょっとお待ち下さいね」

のれんをくぐって奥《おく》にひっこんだヤエさんを見送って、千春は麦茶をひとくち飲んだ。汗《あせ》がひくにつれて気持ちも落ち着いてきた。

お母さんを横目でうかがう。心なしか、表情《ひょうじょう》がほぐれている気がする。せっかく連れてきたのに、おじさんがいなくて拍子《ひょうし》抜《ぬ》けしたけれど、先にヤエさんと話せて、かえってよかったかもしれない。

「ありました。これ、これ」

もどってきたヤエさんが、白い名刺《めいし》をお母さんに差し出した。

「ね、有名なところでしょう?」

「ええ、本当に」

お母さんの横から、千春も名刺をのぞきこんだ。英語だから読めないけれど、端《はし》っこに入っているロゴマークには見覚えがある。

「ああ、うわさをすれば」

ヤエさんが入り口のほうに顔をむけた。引き戸を開けて入ってきたおじさんが、こちらにむかって軽く一礼した。

お母さんの姿《すがた》を見ても、おじさんは動じるそぶりはなかった。ゆったりとした足どりで千春たちの前まで近づいてきて、あらためて深々とおじぎした。

「はじめまして」

「はじめまして」

お母さんがはじかれたように立ちあがり、頭を下げた。

「娘《むすめ》がいつもお世話になっております」

「いえいえ、とんでもない。こちらこそ、いろいろと手伝っていただいて。親御《おやご》さんにも一度お礼を申し上げたいと思っていました」

おじさんのなめらかな敬語《けいご》は、ふだんとは別人みたいだ。

ひょっとして、と千春はぴんときた。おじさんは図書館で千春の話を聞いて、頭の片《かた》隅《すみ》でこんな展開《てんかい》も予期していたのかもしれない。きっと、千春がまたここへ遊びにこられるように、おじさんなりに考えてくれているのだ。いつになく礼儀《れいぎ》正しくふるまっているのも、お母さんを安心させるための作戦なのだろう。

おじさんは作業台の奥《おく》にまわって、千春たちの真むかいに座《すわ》った。もう一度、お母さんにむかって頭を下げる。

「わざわざいらして下さったのに、お待たせして申《もう》し訳《わけ》ありませんでした」

「こちらこそ、突然《とつぜん》おじゃましてしまって、失礼しました」

お母さんが恐縮《きょうしゅく》したように答えた。

「いえいえ、いつでも大歓迎《だいかんげい》です」

おじさんは白い歯を見せて笑い、ヤエさんの出した麦茶をごくりと飲んだ。お母さんが遠慮《えんりょ》がちにたずねる。

「この子、お仕事のおじゃまをしてませんか?」

「ちっとも。むしろ、こっちが助けてもらってます。若《わか》いひとの話を聞くのは楽しいし、新鮮《しんせん》なアイディアももらえるし」

「わたしも、楽しい」

千春も思わず口をはさんだ。おじさんがにっこりする。

「ありがとう」

「すみません、子どもの相手をしていただいて」

「いや、そういう感じじゃないんです」

おじさんがずいと身を乗り出した。

「なんていうか、ひとりの人間どうしとして、互角《ごかく》に話してますから。おとなと子どもっていうより、先輩《せんぱい》と後輩、みたいな感じですかね」

あいかわらず言葉づかいは丁寧《ていねい》だけれど、ふだんに近い、熱っぽい口調になっている。

「はあ」

お母さんは首をかしげ、生返事をしている。千春にもよく意味はわからない。ただ、互角、という響《ひび》きはちょっとかっこいい。

「ともかく、お目にかかれてよかったです」

おじさんが居《い》ずまいを正し、お母さんにむきなおった。お嬢《じょう》さんは、ととなりの千春にもちらっと目をやる。

「とても思慮《しりょ》深い。それに優《やさ》しい。ご両親の育てかたなんでしょうねえ」

「いえ、そんな」

いきなりほめられておどろいたのだろう、お母さんは口ごもっている。千春もどぎまぎしてきて、麦茶を一気飲みしてしまった。

「実は」

千春とお母さんを交互《こうご》に見て、おじさんは続けた。

「わたしにも娘《むすめ》がいまして。このくらいの年頃《としごろ》のときは、仕事が忙《いそが》しくて、ほとんどそばにいられなかったんですが」

作業台の隅《すみ》にひっそりと置かれているフォトフレームに、千春は視線《しせん》をすべらせた。あの写真の赤《あか》ん坊《ぼう》は、やっぱりおじさんの娘だったのか。

「もったいないことをしたと思っています」

どうしても会いたい相手に会えないことがあるかもしれない、と言ったおじさんの、どこか遠くを見ているようなまなざしが、千春の脳裏《のうり》をよぎった。

「だから、うらやましいです。とても」

しめくくったおじさんは、少しさびしそうだった。スカートのポケットに入っているクルピを、千春は布地《ぬのじ》の上からそっとおさえた。

帰り道、お母さんはずっと黙《だま》りこくっていた。家が近づいても話し出す気配がないので、千春のほうから、おっかなびっくり聞いてみた。

「どうだった？」

「いいひとそうね」

お母さんの声は、やわらかかった。千春はつめていた息を一気に吐《は》いた。

「いいひとだよ」

すっかりうれしくなって、お母さんを見上げる。表情《ひょうじょう》も、やわらかい。

「千春の言ったとおりね」

「でしょ？」

頭上に広がる空の色は、行きしなよりも淡《あわ》くなり、うっすらと赤みがかっている。はじまりかけた夕焼けの中を、飛行機雲がまっすぐに横ぎっていく。

「千春の言ったとおり」

お母さんがくり返し、急に立ちどまった。つられて足をとめた千春の全身を、しげしげと眺《なが》めまわす。

「大きくなったのねえ」

しみじみとため息をつく。

「知らないうちによそのひとと仲よくなって、意見もはっきり言うようになって」

なんとなくきまり悪くなって、千春はあやまった。

「ごめんね」

「お母さんこそ、ごめんね」

お母さんが眉《まゆ》を下げ、千春の頭をそっとなでた。

「もう五年生だもんね。自分のことは、自分で決められるね」

おなかのあたりがむずむずしてきて、千春は先に立って歩き出した。追いかけてきたお母さんが千春のとなりにならび、片手《かたて》を差し出した。

ひさしぶりに、千春はお母さんと手をつないだ。くろぐろとした影《かげ》がふたつ、行く手に長く伸《の》びている。

「いい先輩《せんぱい》ができたね」

「うん」

「あんなにほめてもらっちゃって」

「あれはおせじも入ってるかもよ」

お母さんがくすりと笑った。

「実はね、お母さんもちょっとそう思った」

「やっぱり？」

「でも、うれしかった」

お母さんとつないだ手を、千春はぶらぶらと前後にゆらしてみた。影《かげ》ぼうしが楽しそうに手を振《ふ》った。

秋

AUTUMN

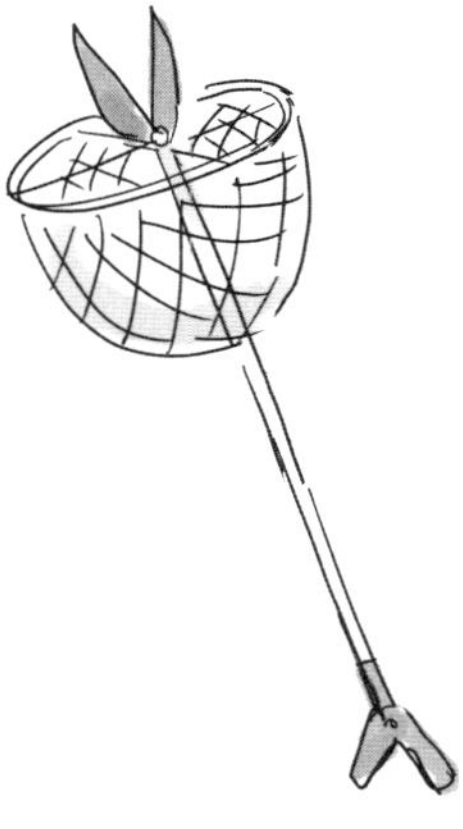

九月になって、二学期がはじまった。

夏休みの終わりに、お母さんをおじさんとひきあわせて以来、千春は前よりもひんぱんにお店へ足を運ぶようになった。三日にいっぺんくらいは、おじさんと顔を合わせている。

「今日は、どうだった？」

毎回、おじさんはたずねる。

「たまねぎ」

千春が力なく答えると、気の毒そうに眉《まゆ》を寄《よ》せる。

「またか？　せっかくいい季節になってきたのにな」

おじさんは秋が好きらしい。食べものがうまいし、涼《すず》しいしな、と言いながらも、九月の終わりになっても服装《ふくそう》は真夏と変わっていない。半袖《はんそで》のＴシャツに、ビーチサンダルをはいている。

千春だって、秋の食べものは好きだ。ぶどうも栗《くり》も、梨《なし》もおいしい。休みのあいだに買ってもらった、長袖のブラウスを着られるのもうれしい。それでも、千春にとって秋はゆううつな季節なのだ。

毎年十月のなかばに、小学校の運動会がある。

千春はもともと運動が大の得意というわけではないけれど、ものすごく苦手でもない。ドッジボールではたいがい最後のほうまで生き残れるし、五十メートル走のタイムは女子の平均《へいきん》とほぼ同じだ。体育の授業《じゅぎょう》も、好きでもきらいでもない。

でも、運動会は気が重い。

きっかけは、三年生のときのクラス対抗《たいこう》リレーだった。一年生から六年生まで、学年ごとに行われ、クラス全員が六、七人ずつのチームに分かれて出場する。

千春は最後から二番目の走者だった。バトンを受けとったときには一番先頭で、夢中《むちゅう》で走りはじめた。がんばれ、がんばれ、とクラスメイトが声をかけてきた。トラックの外側にぐるりと設《もう》けられた観覧席《かんらんせき》に、他学年の子どもたちとたくさんのおとなたちが、ひしめいていた。

どうか、抜《ぬ》かされませんように。グラウンドに流れている勇ましい音楽と、わんわん響《ひび》く声援《せいえん》に包まれて走りながら、千春はそれだけを念じていた。半分ほど走ったところで、肩越《かたご》しに後ろを振《ふ》り返《かえ》った。二位の走者は、まだだいぶ後ろにいた。どうにか一位のままアンカーにバトンを渡《わた》せそうだった。

そこで油断《ゆだん》したのが、よくなかったのだろうか。

前にむきなおろうとして、足がもつれた。体が前のめりにかたむき、目の前にぐんぐん地面が近づいてくる。周囲の音が耳からすっと遠のいた。思わず目をつぶった次の瞬《しゅん》間《かん》に、手のひらとひざに鈍《にぶ》い衝撃《しょうげき》が走った。

わあっというどよめきでわれに返り、千春はのろのろと立ちあがった。手に握《にぎ》りしめていたバトンがないことに気づき、途方《とほう》に暮《く》れてまわりを見まわす。ほかのチームの走者がはちまきをなびかせて駆《か》けてきて、立ちつくしている千春を次々に追いこしていった。

彼《かれ》らの背中《せなか》を追いかけて、千春は残りの半周をなんとか走りきった。バトンをアンカーに引《ひ》き継《つ》いだ後、担任《たんにん》の先生に保健室《ほけんしつ》まで連れていかれた。手足をひどくすりむいて、血が出ていたのだ。

傷口《きずぐち》を消毒してもらっている最中に、涙《なみだ》がこぼれた。

「しみる？　ごめんね、少しだけがまんしてね」

優《やさ》しく言われ、千春は手の甲《てこう》で目もとをこすった。傷《きず》よりも、胸《むね》がひりひりと痛《いた》んだ。取り返しのつかないことをしてしまった。

ばんそうこうを貼《は》ってもらい、グラウンドに引き返したら、三年生のリレーはもう終わっていた。クラスの応援席《おうえんせき》にもどると、まっさきに紗希《さき》から声をかけられた。

「千春、大丈夫《だいじょうぶ》？」

「うん、大丈夫」

千春がチームの子たちにあやまっているあいだも、紗希はとなりにいてくれた。

誰《だれ》も意地悪なことは言わなかった。紗希だけでなく先生もそばに寄《よ》ってきて、見守ってくれていたおかげかもしれない。大きなばんそうこうが痛々《いたいた》しく見えたのかもしれないし、同じクラスのほかのチームが善戦《ぜんせん》して、全体としては一位になれたからかもしれない。

だけど千春は、今も忘《わす》れられない。千春の差し出したバトンを乱暴《らんぼう》にひったくった、アンカーの男子の怒《おこ》った顔を。ゴールのそばに一列になって座《すわ》っていたみんなの、がっかりした顔も。

あれ以来、練習でバトンを手に持つだけで、じんわりといやな汗《あせ》をかく。去年の本番では、走る順番が近づくにつれ、おなかがきりきりと痛《いた》くなってきた。勢《いきお》いあまって転ぶのがこわくて全力で走れず、後ろのひとりに追《お》い抜《ぬ》かされてしまった。びりになるよりはましだし、みんなに責《せ》められもしなかったけれど、本音のところはわからない。

さらに困《こま》ったことに、今年は担任《たんにん》の田中先生がとてもはりきっている。

田中先生は、高校時代に陸上部で短距離走《たんきょりそう》の選手として活躍《かつやく》し、全国大会にまで進出したそうだ。教え子たちにも、運動会、特に走る競技《きょうぎ》ではがんばってほしいようで、指《し》導《どう》にも熱が入っている。田中ちょっと熱すぎ、っていうか暑苦しすぎ、と紗希《さき》はこっそり文句《もんく》を言っている。

九月の後半に入ってからは、体育の時間ばかりでなく、昼休みや放課後にも特訓がはじまった。スタートダッシュやバトンの受《う》け渡《わた》しといった、基礎《きそ》の動きを練習するのだ。強制《きょうせい》参加ではなく、俊太《しゅんた》みたいに走りに自信がある子や、紗希みたいに塾通《じゅくがよ》いをしている子は、来ないこともある。出席している人数は、昼休みだとクラスの半分ほどで、放課後はそれより少ない。

千春は毎回出ている。そして毎回、へとへとになってしまう。

「ねえ、おじさん」

言いかけて、千春は口ごもる。おじさんが笑った。

「なんだ？　言いたいことがあるんだったら、はっきり言いな。おかゆのまわりをぐるぐる歩いてないで」

おかゆのまわりを歩く、というのも、おじさんが好んで使う外国のことわざのひとつである。

熱々のおかゆを猫《ねこ》に出してやると、冷めて食べられる温度になるまで、お皿のまわりをぐるぐるまわって待っている。転じて、なにかやりたいことや言いたいことがあるにもかかわらず、行動を起こさない様子を意味するという。おじさんはわざわざミルクをつかまえて、実演《じつえん》してみせようとしたけれど、迷惑《めいわく》そうに逃《に》げられてしまった。

「転ばない靴《くつ》って、作れない？」

千春はおずおずと聞いてみた。おじさんにも、事情《じじょう》はすでに話してある。おれもリレーは好きじゃなかったな、と思いのほか共感してくれた。どうしてチームで競争させるんだろうな、ひとりのほうが気楽なのに、と。

「よし。じゃあ、いっしょに考えてみるか」

おじさんが作業台のひきだしからノートを出した。

発明のアイディアを練るときや、実験の手順を考えるとき、おじさんはこのノートを広げて、思いついたことをどんどん書きつらねていく。どんなにささいなことでも、一《いち》応《おう》は書きとめておくのがコツらしい。

今回むずかしいのは、転ばないことと、それなりに速く走ることを、両立させなければならないところだ。転びたくないからといって、歩くわけにもいかない。

「ふつう、スピードが出れば出るほど、転びやすくなるよな。ポイントは、安定性《あんていせい》と推《すい》進力《しんりょく》だな」

ノートの新しいページに、おじさんはふたつの言葉をならべて書いた。

「推進力って、前に進もうとする力のことだよね？」

「そうそう。よく知ってるね」

「先生に習った。足に力をこめて、地面を強くけりなさいって」

ただし、あまり力を入れすぎると前につんのめりそうなので、千春はほどほどにとどめている。ほかにも、できるだけすばやく両足を動かすとか、自然に腕《うで》を前後に振《ふ》るとか、田中先生の教えはいろいろあるが、考えながら走ろうとすればするほど、うまく体が動かなくなってしまう。

「あとね、ジャンプも重要なんだって」

「オリンピックの選手とか、走ってるっていうより、跳《と》んでるみたいに見えるもんな。靴底《くつぞこ》にクッション性《せい》は必要だろうね」

おじさんがノートに書きとめる。

「そうだ、底にばねをつけてみるとか、どうだろうな？」

ばねつきの靴をはいて、ボールみたいにぽんぽんとはずんでいる自分の姿《すがた》を、千春は思《おも》い浮《う》かべた。それはそれで楽しそうだけれど、リレーにはむいているだろうか。

「なにやってんの？」

背後《はいご》から声をかけられたのは、そのときだった。

千春もおじさんも、話に熱中するあまり、引き戸の開く音が耳に入っていなかったようだ。

「あ、新しい発明?」

作業台にすたすたと近づいてきた俊太《しゅんた》が、千春の肩越《かたご》しにひょいとノートをのぞきこんだ。

「アンテイセイ? ってなに?」

「なんでもない」

千春はとっさにノートを閉《と》じた。俊太が不満そうに口をとがらせる。

「なんだよ。見せろよ」

千春も仲間はずれにするつもりはないけれど、この発明は俊太には必要ない。なにしろ、俊太はクラスで一番足が速いのだ。田中先生だって、みんなも和田のフォームを見習えよ、とほめていた。

「靴《くつ》を作ろうと思ってるんだよ」

とりなすように、おじさんが口をはさんだ。

正直に話すことないのに。ちょっと恨《うら》めしく思いつつも、千春は観念した。かくそうとしても、どうせ俊太はしつこく問いただしてくるにちがいない。

「靴《くつ》って？」

「転ばないで、速く走れる靴」

「長谷川が？」

俊太は不思議そうにまばたきをしてから、あ、と声を上げた。

「もしかして、運動会のため？　気合い入ってるんだな。なんか意外」

にやにやと笑っている。

「別にそういうんじゃないけど。みんなに迷惑《めいわく》かけたくないだけ」

千春が言うと、俊太はきょとんとした。

「迷惑って？」

「リレーで転んだら、チームの足をひっぱっちゃうでしょ」

「なんだ、そんなこと心配してんの？　誰《だれ》でも転ぶときは転ぶんだし、しょうがなくない？　ていうか、そんなの別に誰《だれ》も気にしないって」

「わたしが気になるの！」

千春はかっとなって言い返した。

俊太《しゅんた》はなんにもわかってない。自分は足が速いから、そうでない人間の気持ちが想像《そうぞう》できないのだ。昼休みにも、田中先生のもとで特訓している千春たちを尻目《しりめ》に、のんきにサッカーボールをけって遊んでいる。

「なに、むきになってんの？」

俊太は俊太で、むっとしたように言い返してくる。

「おい、やめろ」

いつになくまじめな顔で、おじさんが俊太をたしなめた。

「お前にとってはたいしたことじゃなくても、本人は真剣《しんけん》に悩《なや》んでるんだから」

「なんだよ、おじさんまで」

俊太がくちびるをかんだ。おじさんが千春の味方をしたのが、おもしろくないのだろう。ふたりで協力して新発明に取り組もうとしていたのも、のけ者にされたようで悔《くや》しいのかもしれない。

「そんなに心配なんだったら、うじうじ悩《なや》んでないで練習すれば？」

感じの悪い捨《す》てぜりふに、千春は返事をする気にもなれなかった。やっぱり、俊太はなんにもわかっていない。練習さえしておけば、本番で絶対《ぜったい》に失敗しなくてすむのなら、千春だってそうする。それだけでは安心できないから、こうしておじさんの知恵《ちえ》も借りて、なんとかしようとしているのだ。

「だいたいさあ、特別な靴《くつ》をはいて走るなんて、ズルじゃないの？」

ズルじゃない。

「ズルじゃない」

千春よりも一瞬《いっしゅん》早く、おじさんがきっぱりと答えた。

「自分の頭で考えて、ベストを尽《つ》くそうとしてるんだ。ズルじゃない」

俊太はふくれっつらをして、無言でお店から駆《か》け出《だ》していった。

運動会の前日も、千春はおじさんのお店に寄《よ》った。

「いよいよ、明日か」

おじさんは言った。

「本当にいいのか？」

結局、千春はふだんの靴《くつ》で運動会にのぞむことにしたのだった。

冷静に考え直してみたら、俊太《しゅんた》の言い分にも一理《いちり》ある。千春にズルをするつもりはなくても、変わった靴をはいて走ったら、俊太が言っていたように「ズル」だと考える子もいるかもしれない。

「うん。ちょっとはましになったし」

毎日のようにバトンを握《にぎ》っていて、さすがに体も慣《な》れたのか、トラックに立ったときの緊張《きんちょう》もいくらかうすれてきた気がする。

「特訓の成果かもな。おつかれさん」

おじさんが微笑《ほほえ》んで、手もとの器具をかかげてみせた。

「無事に終わったら、柿《かき》もぎに行くか？　来週あたり」

おじさんがここのところ手がけていた発明品は、いわば高枝《たかえだ》ばさみの進化したものだ。長い棒《ぼう》の先に二枚《まい》のとがった刃《は》がついているのは、市販品《しはんひん》と変わらないが、その下に網《あみ》がくっつけてある。これで、もぎとった柿《かき》の実《み》を受けとめるのだ。

「完成したの？」

「だいたいな」

修理屋《しゅうりや》としてお客さんの家に出入りするうちに、おじさんはほかの仕事も引き受けるようになっているそうだ。中でも、お年寄《としよ》りだけで暮《く》らしている家では、庭の手入れが大変らしく、草むしりや植木の水やりなんかも頼《たの》まれるという。

柿の実をもいでほしいというのも、舞《ま》いこんできた依頼《いらい》のひとつだった。数メートルにもおよぶ立派《りっぱ》な大木で、毎年たくさん実がつくのに枝《えだ》が高すぎてもげず、鳥のえさになってしまう。市販の高枝ばさみでは、枝を切り落とすことはできるものの、実が地面に落ちてつぶれてしまうので意味がない。

そこで、おじさんが新たに道具を作ることになった。収獲《しゅうかく》できた実は、半分もらえる約束になっている。

「名前は、モギーでどうかな？」

かしゃかしゃとはさみを動かして、おじさんは機嫌《きげん》よく言う。

「そのまんまだね」

千春は正直な感想を口にした。

「それがいいんだよ。シンプルイズザベスト、っていうだろ？　わかりやすいのが一番。わかりにくくするのはかんたんだけど、わかりやすくするのはむずかしい」

「そう？」

「むずかしいことを言ってると、頭がよさそうに見えるけど、実はそうとも限《かぎ》らないんだよな。本当にかしこい人間は、むずかしいことでも、わかりやすくかみくだいて説明できる」

おじさんは得意そうに胸《むね》をたたいている。千春はたまにおじさんの言っている意味がよくわからないときもあるけれど、とりあえず黙《だま》っておくことにした。

「お客さんのところ、わたしもいっしょに行っていいの？」

話をもどし、モギーの柄《え》にふれてみる。けっこう重たそうだ。子どもでも使えるだろうか。できれば千春も自分でもいでみたい。

「もちろん。助手だって紹介《しょうかい》するよ……おっ」

おじさんが声を上げ、千春の背後《はいご》に視線《しせん》をずらした。

「ひさしぶりだな」

店に入ってきたのは、俊太《しゅんた》だった。口をへの字に引き結び、ずんずんとふたりに近づいてくる。

ここで会うのは、靴《くつ》のことで言い争いになって以来だから、千春にとってもひさしぶりだった。教室で見かけても、目は合わせない。口もきいていない。これまでも、とりたてて親しく話をするわけではなかったから、変わらないといえば変わらないが、避《さ》けている感覚も、避けられている気配もあった。

その場から動けずにいる千春の前で、俊太は立ちどまった。手に持っていた紙袋《かみぶくろ》を、千春の鼻先に突《つ》きつける。

「これ」

「なあに？」

面食《めんく》らいながら、千春は両手で袋を受けとった。そんなに重くない。

「明日、使えば?」

おそるおそる、中をのぞいてみる。運動靴《うんどうぐつ》が一足入っていた。

翌日《よくじつ》は、みごとな秋晴れだった。

運動会は、午前の部と午後の部に分かれている。五年生のリレーは、午前の部の最後のほうに行われた。

千春は転ばなかった。転ばなかったばかりか、すぐ前を走っていた、ほかのクラスの女子との距離《きょり》を、ほんのわずかながら縮《ちぢ》めもした。

「よくやったな、長谷川」

次の走者にバトンを渡《わた》し、ほっと胸《むね》をなでおろしていたら、田中先生にも声をかけられた。浅く頭を下げた拍子《ひょうし》に、足もとに視線《しせん》が落ちた。

はいているのはもちろん、俊太《しゅんた》に貸《か》してもらった運動靴だ。

トレーニングシューズ、というものらしい。サッカークラブで練習のときにはいているという。サッカーをやっている子たちのあいだでは、トレシュー、と略《りゃく》して呼《よ》んでい

るそうだ。底には、試合のときにはくスパイクに似《に》た、いぼいぼの小さな突起《とっき》がついている。ただしゴム製《せい》で、スパイクほどは硬《かた》くないので、足にあまり負担《ふたん》がかからない。いわば、本式のスパイクと一般的《いっぱんてき》な運動靴《うんどうぐつ》の中間のようなものだ。

「こけたくないんだったら、トレシューがいいかと思って」

昨日《きのう》、俊太《しゅんた》はぼそぼそと言っていた。

「ふつうのスニーカーより、すべりにくいから。おれ、二足持ってるし」

「ありがとう」

千春がお礼を言うと、いや、まあ、別に、ともぞもぞしていた。

黄色いトレシューは、かなりはきこまれている。あちこち泥《どろ》がはね、全体的にうっすらと黒ずんで、どちらかといえば黄土色に近い。念のため、いったん家に帰った後で、近所を軽く走ってもみた。借りものとは思えないほど足にしっくりとなじみ、靴ずれもしなかった。

トレシューのおかげで無事に出番が終わってからは、千春もクラスのみんなにまじって、トラックの内側から声援《せいえん》を送った。

一番盛《も》りあがったのは、なんといっても最終レースだ。千春たち五年二組のアンカーのうち、ひとりは俊太だった。バトンを受けとって走り出した時点では四位だったのに、みるみる追いあげた。ひとり抜《ぬ》かすたびに、トラックの内側からも、外側の観覧席《かんらんせき》からも、どよめきがわき起こった。先頭でゴールしたときには、ひときわ大きな歓声《かんせい》が上がった。

「速かったね」

「すごかったな」

退場門《たいじょうもん》をくぐり、クラスの応援席《おうえんせき》までもどるまでのあいだ、俊太はひっきりなしに声をかけられていた。二組ばかりでなく一組や三組の子たちにまで、ほめられている。

割《わ》って入《はい》るのも気がひけて、千春は少し離《はな》れて後を追いかけた。

応援席の手前で、まわりに誰《だれ》もいなくなったのをみはからい、背中《せなか》をつついた。

「俊太」

呼《よ》びかけたそばから、しまった、と思った。面とむかって呼《よ》び捨《す》てにするのは、はじめてだ。

「あ、長谷川」

俊太《しゅんた》は気にする様子もなく、ほがらかに答えた。にっと笑って言い足す。

「こけなかったな」

「ありがとう。これのおかげ」

千春は足もとに目を落とした。

俊太もトレシューをはいている。千春の黄色と同じデザインの、色ちがいの青――青っぽい茶色、といったほうがいいかもしれない――だった。くたびれぐあいからして、そっちのほうが古そうだ。

「よかった」

俊太は言ってから、真顔になってつけ加えた。

「トレシューのおかげだけじゃないよ」

「え?」

「長谷川が練習したから、うまくなったんだと思う」

早口で続ける。

「こないだはごめん。考えてるひまがあったら練習しろ、とか言って。長谷川、特訓も毎回出てたもんな」

「うん、まあ」

千春はどぎまぎしてうなずいた。俊太は特訓に参加していなかったのに、こっちを見ていたなんて知らなかった。

そこでもうひとつ、俊太に言いたかったことを思い出した。

「速かったね」

千春は今日はじめて、俊太の走っている姿《すがた》をちゃんと見た。これまでは、自分がしくじらないかどうかで頭がいっぱいで、他人の走る様子をじっくり眺《なが》めているゆとりはなかったのだ。

「あ、おれ？」

俊太がまばたきした。

「なんか、すごかった」

もっと気の利《き》いた言葉はないものか、千春はもどかしくなる。速い、も、すごい、も、俊太《しゅんた》はさっきからずっと言われ続けていた。

俊太は単に速いだけではなかった。軽やかに、楽しそうに走っていた。ほかの走者が苦しげに顔をゆがめている中で、だからひとりだけ目をひいた。のびのびと手足を動かし、しなやかに地面をけって、ゴールにむかって駆《か》けぬけた。

「きれいだったよ」

ようやくいい言葉を見つけた、と千春は思ったのに、俊太は照れくさそうにそっぽをむいた。

「きれい？　なんだそれ」

千春を置いて歩き出しかけ、また立ちどまる。

「あ、おじさん！」

「ふたりとも、おつかれさん」

観覧席《かんらんせき》のほうから歩いてきたおじさんが、にこにこして片手《かたて》を上げた。

運動会の日といっても、誰《だれ》でも自由に学校の敷地内《しきちない》に入れるわけではない。保護者《ほごしゃ》にはあらかじめ招待券《しょうたいけん》が配られる。校門の受付でそれを見せ、手のひらほどの大きさの、四角いシールを受けとる。そこに名前を書き入れ、名札として胸《むね》に貼《は》る決まりになっている。

おじさんも胸にシールをつけている。「和田」と大きく書いてある。

「おれんちの券《けん》、渡《わた》しといたんだ。どっちみち親は仕事で来られないし」

「そっか」

どう返事していいのかわからなくて、千春は短く答えた。

千春のうちは、お父さんとお母さんに、おばあちゃんまで見にきている。昼休みには、紗希《さき》の家族もまじえてお弁当《べんとう》を食べる約束だ。

「おじさん、いつもとちょっと雰囲気《ふんいき》ちがうね」

俊太が言った。

ふだんのTシャツと短パンのかわりに、ポロシャツとジーンズをはき、いつになくこざっぱりしている。それでもやはり、体が大きいせいか、もじゃもじゃの髪《かみ》とひげのせいか、校庭ではけっこう目立っている。

「招待客《しょうたいきゃく》だからな。一応《いちおう》、おしゃれしてみた」

おじさんが胸《むね》をそらし、少し声を低めた。

「近頃《ちかごろ》の小学校の運動会って、こんな感じなんだな」

「昔はちがったの？」

「少なくとも、こんな名札はなかったね」

おじさんが胸《むな》もとに手をあてる。

「写真も、親父がでっかい一眼《いちがん》レフとか出してきて、はりきって撮《と》るんだよ。携帯《けいたい》電話もデジカメもない時代だから。もちろん、動画もなし。あと、体操服《たいそうふく》のかたちが男女でちがった」

「そうなの？　なんで？」

「なんでだろう、今考えてみたら変だよな。ま、おれが子どものころっていったら、大昔だからな。何十年ぶりになるんだか」

聞きながら、あれ、と千春はひっかかった。このあいだ、娘《むすめ》がいるとおじさんは言っていたはずだ。当然ながら運動会もあっただろう。それなら「大昔」でもないんじゃないか。

「だけど、この万国旗は変わらないな」

頭上にはためいている色とりどりの旗をあおぎ、おじさんが目を細めた。

千春は質問《しつもん》をのみこんだ。おじさんは仕事が忙《いそが》しすぎて子どもと過《す》ごすひまがなかったという話も、遅《おく》れて思い出したのだ。俊太《しゅんた》の両親と同じように、運動会さえ見にいけなかったのだろう。

「とにかく、ふたりの雄姿《ゆうし》が見られてよかったよ」

おじさんが千春と俊太を見くらべた。

「ユーシ?」

「かっこいい姿《すがた》、ってこと」

両手を前後にリズミカルに振《ふ》って、走るまねをしてみせる。俊太はともかく、わたしはかっこよくなんかないのに、と千春は思ったけれど、反論《はんろん》するのはやめておいた。満足そうなおじさんに、水を差したくない。

トラックのほうで、わあっと声が上がった。

五年生に続いて行われた、六年生のリレーも終わったようだ。午前の部はここまでで、昼休みがはじまる。

「じゃあ、おれはそろそろ帰るかな」

おじさんが言った。

「えっ、もう？」

千春は思わずつぶやいた。おじさんが帰ったら、俊太《しゅんた》がお昼にひとりぼっちになってしまう。

千春の心配を見すかしたかのように、おじさんは俊太を見下ろした。

「昼めしは友だちと食うんだよな？」

「うん、ユウジと。母ちゃんがおばちゃんに弁当《べんとう》あずけてくれてる」

「そうか。あれだけ走ったら腹《はら》へっただろ。たくさん食えよ」

俊太の頭をひとなでして、おじさんは千春にも小さくうなずいてみせた。

「千春、ごはん食べようよ」

むこうのほうで紗希《さき》が手招《てまね》きしている。

「じゃあまた今度、店でな」

おじさんが千春の肩《かた》をぽんぽんとたたいた。


運動会の後、なかなかおじさんと顔を合わせる機会はなかった。

千春は何度か学校帰りにお店をのぞいたのに、おじさんがいなかったのだ。ヤエさんがひとりで店番をしているときも、お店が閉《し》まっているときもあった。モギーで柿《かき》をとるという約束も、果たされないままになっている。

千春はそんなに気にしていなかった。これまでにも、おじさんが店を空けることはたびたびあった。配達中かもしれないし、お客さんの家で頼《たの》まれた仕事を片《かた》づけているのかもしれないし、休みをとっているのかもしれない。たまたま千春が行ったときに、運悪くそれらが重なってしまったのだろう。

その日も、おじさんはいなかった。

店内は暗く、作業台の上は片づいている。千春があきらめて帰ろうとしたら、小道のむこうから俊太がやってきた。

「おじさん、またいないんだ」

お店をのぞき、顔をしかめる。

「長谷川は最近会った？」

「ううん。運動会の日から、一度も」

「おれも。どこ行ってるんだろう？　なんか聞いてる？」

千春が首を横に振《ふ》ると、俊太《しゅんた》はぎゅっと眉《まゆ》を寄《よ》せた。

「なあ、おかしくない？　店もしょっちゅう休んでるって、ヤエさんが言ってた」

「そうなの？」

千春も一度ヤエさんに聞いてみた。ここのところ忙《いそが》しいみたいねえ、とおっとりと言われて、てっきり修理《しゅうり》の依頼《いらい》がたてこんでいるのだとばかり思っていた。

おとなが仕事を休む理由といえば、千春にはひとつしか思いつかない。

「ひょっとして、病気なのかな？」

「それはないんじゃない？　こないだも元気そうだったし」

俊太にすぐさま否定《ひてい》されて、ちょっと安心する。

「そうだよね」

「なあ、もしかして」

俊太が声をひそめた。

「おじさん、なんか秘密《ひみつ》があるんじゃないかな？」

「秘密って？」

千春の声もつられて小さくなる。

「修理屋《しゅうりや》っていうのはおもてむきで、実はこっそり別のこともしてるのかも。刑事《けいじ》とか探偵《たんてい》とか、あとは……スパイとか？」

「スパイ？　あのおじさんが？」

一見、平凡《へいぼん》な主人公が、実は裏《うら》の顔をかくし持っているというのは、漫画《まんが》やドラマではよくある展開《てんかい》だ。俊太の言う探偵やスパイだけでなく、正義の味方だったり、大泥棒《おおどろぼう》だったり、魔法使《まほうつか》いなんていう話もある。

でも、あれは全部作り話にすぎない。現実《げんじつ》の世界で、しかもこんなに身近なところで、そういうことが起きるはずがない。

「ありうるよ。雰囲気《ふんいき》も、ふつうじゃないっぽいし。きっと、任務《にんむ》のためにここに引《ひ》っ越《こ》してきたんだって」

俊太《しゅんた》は興奮《こうふん》ぎみに言いたてる。

「よし、たしかめようぜ」

「どうやって？」

「本人に聞いてみるんだよ」

俊太はすっかり自分の推理《すいり》が気に入ってしまったようだが、千春にはあまりいい考えだとは思えなかった。

あのおじさんのことだから、怒《おこ》りはしないだろうけれど、妙《みょう》な誤解《ごかい》をされていい気分はしないはずだ。それに、万が一おじさんが本当に特別な秘密《ひみつ》をかくしているのだとしたら、千春たちのような子どもにすんなりと教えてくれそうにない。

どっちにしても、聞く意味がない。

「やめとけば？」

千春が言ったのと、

「あっ」

と俊太が声を上げたのが、ほぼ同時だった。振《ふ》りむくと、曲がり角のほうからおじさんが歩いてくるところだった。


三人でお店の中へ入るなり、俊太は勢《いきお》いこんでおじさんを問いつめた。

「スパイ？　おれが？」

おじさんはまず目をまるくして、それからげらげらと笑い出した。

「スパイにまちがえられたのは、生まれてはじめてだな。でもうれしいよ。子どものとき、ちょっとあこがれてたから」

笑いすぎて、声が苦しげにかすれている。

「じゃあ、刑事《けいじ》？」

俊太が未練がましく言った。

「刑事も、はじめてだ。あこがれたことはないけどね」

「もしかしておじさん、病気とかじゃ……」

千春も遠慮《えんりょ》がちに口をはさんだ。

「ないない、それもない。このとおり、ぴんぴんしてる」

おじさんが両手を広げた。

「きみら、よくそんなこと考えつくもんだな」

感心したように言われ、千春は恥《は》ずかしくなって顔をふせた。推理《すいり》がはずれた俊太《しゅんた》も、気まずそうにもじもじしている。

「いやいや、ほめてるんだって。頭がやわらかい証拠《しょうこ》だ。想像力《そうぞうりょく》が豊《ゆた》かなのは、すばらしいよ」

楽しそうに続けたおじさんに、俊太が探《さぐ》るようにたずねた。

「だったら、毎日どこ行ってんの？」

「どこ？　そうだな、別にどこってこともないんだけど」

おじさんがあごひげをなでながら答える。

「気持ちいい季節だから、そのへんをぶらぶら散歩してる。やっぱり日本の秋は風情《ふぜい》があっていいな」

「なあんだ」

俊太がつまらなそうに肩《かた》を落とした。

「だいたい、おれみたいなのはスパイにはむいてないんじゃないか？　体もでかいし、声もでかいし。すぐ敵《てき》に見つかっちまうよ」

おじさんがおかしそうに言う。

あらためて考えてみれば、たしかにそうだ。おじさんの雰囲気《ふんいき》はふつうじゃない、とさっき俊太は指摘《してき》していたけれど、スパイはむしろふつうに見えなければまずいだろう。おじさんは体にしても声にしても、それから醸《かも》し出《だ》している独特《どくとく》の存在感《そんざいかん》にしても、どうにも目立つ。刑事《けいじ》やら探偵《たんてい》やら、極秘任務《ごくひにんむ》はつとまりそうにない。

「そういや、柿《かき》が赤くなってきたらしいよ。週末あたり、行ってみるか」

おじさんがのんびりと言った。

「ほんと？」

「やったあ」

千春と俊太の声が、きれいにそろった。

運動会がすんだ後も、二学期は行事がもりだくさんだ。十月末に音楽会、十一月には図工展《ずこうてん》もあった。放課後も練習や準備《じゅんび》に追われて、千春はしばらくおじさんの店に顔を出せていなかった。

図工展も無事に終え、十一月最後の金曜日に、千春はひさびさにお店を訪《たず》ねた。

おじさんは作業台でせっせとモギーを作っていた。かたわらで、俊太《しゅんた》がほおづえをついて見守っている。

先月、お客さんの家で柿《かき》をもぐときに、おじさんは千春たちも連れていってくれた。モギーはなかなか使い勝手がよく、先方にもとても喜ばれていた。収獲《しゅうかく》した柿をたっぷりおみやげにもらった。よく熟《う》れていて、甘《あま》かった。

その後、モギーの評判《ひょうばん》はご近所にも広まったらしい。ほかの家からも続々と依頼《いらい》が入り、モギーそのものを売ってほしいというお客さんまで出てきたそうで、いくつか追加で作ることになったという。

「ちょっと改良してみたんだ。柄《え》を細めにしたほうが、握《にぎ》りやすいかと思って」

「いいかも。子どもやお年寄《としよ》りにも使いやすくなるね」

「うまくできたら、特許《とっきょ》もとるか」

「わあ、いいんじゃない？」

俊太は千春とおじさんの会話には加わらず、黙々《もくもく》とモギーの柄《え》にやすりをかけ続けている。

話の合間に、千春はそれとなく俊太の顔色をうかがった。いつもなら、こういう話題にはまっさきに乗ってきそうなのに、どうしたんだろう。柿《かき》をもぎにいった日だって、あいかわらず元気いっぱいに騒《さわ》いでいた。

かといって、話を聞いていないわけでもなさそうだ。ときおり、もの言いたげに口を開きかけては、また閉《と》じる。おかゆのまわりをぐるぐるまわる、猫《ねこ》みたいに。

「よし、今日はこのへんにしとくか。俊太もありがとう」

おじさんが手をとめたのは、四時過《す》ぎだった。これから、修理《しゅうり》の終わったストーヴを軽トラックで配達するという。千春と俊太もおじさんといっしょにお店を出て、見送りがてら駐車場《ちゅうしゃじょう》までついていった。

おじさんが車に乗りこもうとしたところで、無口だった俊太《しゅんた》がようやく声を発した。

「ねえ、おじさん」

「なんだ？」

「明日も来ていい？」

ためらいがちにたずねる。

ひょっとして、と千春はひらめいた。俊太はおじさんに相談したいことでもあるのかもしれない。

俊太の口数が減《へ》るなんて、そうとう悩《なや》んでいるのだろうか。千春がいたせいで切り出せなかったのだとしたら、申《もう》し訳《わけ》ないことをした。とりあえず、明日はお店に来るのはやめておこう、とひそかに決める。

「ええと、明日は……土曜日か」

おじさんがあごひげをなで、宙《ちゅう》に視線《しせん》をさまよわせた。

「あんまりゆっくりできないかもしれない。午後からお客さんのところに行かなきゃいけなくて」

「そっか。じゃあいいや」

俊太はおとなしくひきさがった。

「ごめんな。また来週おいで」

おじさんは軽く両手を合わせてから、運転席のドアを開けた。


軽トラックが走り去った後、俊太は神妙《しんみょう》な表情《ひょうじょう》で口火を切った。

「なあ長谷川、こないだの話だけど」

「こないだの話？」

「おじさん、やっぱ変だよ」

あっけにとられて、千春は俊太の顔を見た。このあいだ、あんなふうに笑い飛ばされたのに、まだこりていなかったのか。

「ほんとだって。おれ見ちゃったんだよ。おじさん、変装《へんそう》してた」

「変装？」

「うん。サングラスかけて、帽子《ぼうし》かぶって」

「たまたまじゃないの？」

「あれはちがうよ。おじさんがそんな格好《かっこう》してるとこ、見たことある？」

「ないけど」

どんな姿《すがた》か想像《そうぞう》してみようとして、はたと気づく。

「それ、ほんとにおじさんだったの？」

サングラスと帽子《ぼうし》で顔がかくれていたせいで、俊太《しゅんた》が見まちがえたのではないか。

「おじさんだよ。まちがいない」

「いつ見たの？　どこで？」

「駅前のバス停で。こないだの土曜日の午後」

俊太はとなりの市で行われたサッカーの練習試合に参加した帰りだった。最寄《もよ》り駅《えき》の改札を出て、ロータリーの端《はし》にある駐輪場《ちゅうりんじょう》へむかいかけたところで、おじさんの姿を見かけたという。

駅はいくつものバス路線の発着場所になっていて、ロータリーに沿《そ》って停留所《ていりゅうじょ》がならんでいる。そのうち駅舎《えきしゃ》から一番遠い乗り場の、長い列の中ほどに、おじさんはならんでいた。まだサングラスはかけていなかったし、帽子《ぼうし》もかぶっていなかった。

「おじさん、って呼《よ》んでみたけど気づかないから、おれがそっちまで歩くことにしたんだ。そしたら、ちょうどバスが来ちゃって」

もし全力で走れば、たぶんまにあった。おじさんがバスのステップに足をかける前に、ひとことかふたことは話せたはずだった。そうしなかったのは、おじさんが手に持っていたサングラスとつばのついた帽子を、すばやく身につけたからだ。

結局、俊太は数メートル離《はな》れたところから、バスに乗りこんでいくおじさんを見送った。

「なあ、絶対《ぜったい》おかしいよ。バスから降《お》りたんじゃなくて、乗ったんだよ。バスの中で、帽子もサングラスもいらないよな？　逆《ぎゃく》ならまだわかるけど」

千春も今度は反論《はんろん》しなかった。防寒《ぼうかん》のためにしても、日よけのためにしても、帽子とサングラスは外にいるときにこそ必要だろう。

「やっぱ、変装《へんそう》だよな？」

俊太が自信たっぷりに言う。

「でも、なんで変装《へんそう》なんか？」

「長谷川は、なんでだと思う？」

思わせぶりに声を落とし、千春の顔をのぞきこんでくる。

今回の俊太《しゅんた》の推理《すいり》も、スパイや刑事《けいじ》ほどではないとはいえ、またしても突拍子《とっぴょうし》のないものだった。

「おじさん、奥《おく》さんに会いにいってるんじゃないかな」

駐車場《ちゅうしゃじょう》の入り口近くにぽつんと置かれた、色あせたベンチにならんで腰《こし》かけると、俊太はおもむろに言った。

「奥さん？」

千春は意表を突《つ》かれた。おじさんの娘《むすめ》については前にちらっと聞いたけれど、奥さんの話はしてもらったことがない。

でもよく考えてみれば、子どもがいるのだから、奥さんだっているだろう。海外では単身赴任《たんしんふにん》をしていたようだが、こうして日本に帰ってきてからは、家族といっしょに暮《く》らしているはずだ。おじさんがどこに誰《だれ》と住んでいるのかも、これまで話題には上らず、千春も気にしていなかったけれども。

「奥《おく》さんに会うのに、なんで変装《へんそう》しなきゃいけないの？」

当然の疑問《ぎもん》が、千春の頭に浮《う》かんだ。

「会うっていうか、こっそり見にいってるんだと思う」

俊太が言い直した。

「こっそり？」

「うん。奥さんも自分に会いたがってくれてるかどうか、自信がないんじゃないかな」

千春が俊太の言っている意味をのみこむのに、少し時間がかかった。

「おじさん、離婚《りこん》してるんだ？」

「あれ、知らなかった？」

俊太が得意そうに小鼻をふくらませた。千春はしぶしぶ答えた。

「知らなかった」

「仕事が忙《いそが》しすぎて、うまくいかなくなったんだって。だけど、おじさんのほうは、きっと奥《おく》さんのことをまだ忘《わす》れられないんだよ。だから、気づかれないように変装《へんそう》して見守ってる」

なめらかに話す俊太《しゅんた》を、千春はさえぎった。

「ねえ、それって」

「あれ、長谷川も観《み》てる？」

先月からはじまったそのテレビドラマを、千春は紗希《さき》にすすめられた。

主人公は夫と離婚《りこん》して、現在《げんざい》は恋人《こいびと》がいる。ところが別れた夫のほうは、まだ元妻《もとつま》に未練があり、一方で彼女《かのじょ》の新しい生活をじゃましたくないという気持ちもあって、陰《かげ》ながら様子をうかがっているという設定《せってい》だ。

紗希は、主人公の恋人役をやっている若手俳優《わかてはいゆう》の大ファンなのだ。千春は特に興味《きょうみ》はないし、おとなの恋愛《れんあい》のあれこれもいまいちわかりにくく、それでもやはり続きが気になって観てしまう。どちらかといえば、いっしょに観るようになったお母さんのほうが、のめりこんでいるようだ。たまたまリビングに居《い》あわせたお父さんが、この話は小学生には早くないか、としぶい顔をしたときにも、いいじゃない、千春ももう子どもじゃないんだから、と肩《かた》を持ってくれた。

「ああいうドラマ、観《み》るんだ？」

男子が、しかも俊太が、あんな恋愛《れんあい》ドラマを観ているなんて意外だ。

「そうでもないけど。あれは姉ちゃんが録画して何度も観てるから、つられて」

お姉さんも、紗希の好きな俳優《はいゆう》の熱烈《ねつれつ》なファンらしい。

「で、ひらめいたんだよ。おじさんもおんなじ立場だなって」

「だけど、あれってドラマの話でしょ。あんなこと、現実《げんじつ》にあるのかな？」

千春にはどうもぴんとこない。

「もちろん、全部そのまんまじゃないと思うよ。でも、あの夫婦《ふうふ》関係はすげえリアルだって母ちゃんが言ってた。別れると、だいたい男のほうがひきずるんだってさ」

俊太はベンチの足もとに放り出してあったランドセルを開け、ノートを出してひざの上で広げた。

「とりあえず、頭を整理しよう」

どうやら、おじさんをまねしているようだ。

「ええと、まず仮説《かせつ》……」

新しいページの、一番上の行に、〈かせつ〉と俊太《しゅんた》は大きく書いた。字が汚《きたな》くて読みづらい。「か」が「や」に見える。

〈おじさんは、リコンしたおくさんにあいにいっている?〉

「それから、検証《けんしょう》……」

俊太はさらさらと鉛筆《えんぴつ》を走らせる。

〈けんしょうするほうほう。一、おじさんをビコウする〉

「尾行《びこう》?」

横からのぞきこんでいた千春は、思わずつぶやいた。それこそ、ドラマの話みたいだ。

「その前に、まずおじさんに聞いてみたほうがよくない?」

俊太は千春をちらりと見やり、さらに鉛筆を動かした。

〈二、おじさんにきく〉

書き終えるなり、その上に二重線をひいて消す。

「もう聞いたよ。土曜の午後、駅前にいなかったかって」

「おじさん、なんて？」

答えをうすうす予想しながらも、千春は質問《しつもん》した。

「いなかったって。ひとちがいだろうって、笑われた」

「本当にひとちがいだったんじゃないの？」

「いや、それはない」

俊太がくちびるをとがらせる。

「絶対《ぜったい》、おじさんだったって。あんなひと、ほかに見たことある？　おれはないよ」

「わたしもない、けど」

そう言われてみれば、うっかりひとちがいをするには、おじさんの見かけは個性的《こせいてき》すぎる。

「聞いても教えてくれないんだから、尾行《びこう》するしかないって」

「大丈夫《だいじょうぶ》かな、勝手にそんなことして」

千春はまだ気が乗らなかった。俊太の推理《すいり》をうのみにしたわけではないけれど、変装《へんそう》までして出かけていくということは、それなりにこみいった事情《じじょう》があるのだろう。面白半分に詮索《せんさく》するのも気が進まない。

「別におもしろがってるわけじゃないよ。本当のことを知りたいだけ。おれたちにも、なにか手伝えることがあるかもしれないし」

「あるかなあ？」

「だから、あるかどうかもたしかめないとわかんないだろ」

俊太《しゅんた》がもっともらしく断言《だんげん》し、千春の目をまっすぐに見すえた。

「長谷川は知りたくないの？」

千春は返事に困《こま》った。俊太は目をそらさない。

「……知りたくなくは、ないけど」

おじさんのことをもっとよく知りたいという気持ちは、千春の中にもたしかに存在《そんざい》しているのだった。

「平気だって。わかんないことがあったらきちんと調べるようにって、おじさんがいつも言ってるんだから」

俊太がにかりと笑い、ビコウの三文字をぐるりとまるで囲んだ。

翌日《よくじつ》の昼過《ひるす》ぎに、千春は俊太と駅前で待ちあわせた。

先週、おじさんがバス停にいたのは、一時ごろだったという。今回も同じくらいの時間ではないかと俊太が予想し、早めに行って見張《みは》ることになったのだ。

尾行《びこう》している途中《とちゅう》でおじさんに気づかれないように、できるだけ目立たず、なおかつふだんとちがう雰囲気《ふんいき》の格好《かっこう》をする約束だった。千春は思案した末に、黒いコートにジーンズを合わせてみた。どちらも数年前に買ったもので、最近は着ていない。さらに、いつもは下ろしている髪《かみ》をふたつに分けてみつあみにしてから、クローゼットの奥《おく》から発見した、つばのついたキャスケット帽《ぼう》を目深《まぶか》にかぶった。

「うん、いい感じ。ぱっと見、長谷川ってわかんないよ」

千春の全身を眺《なが》めまわし、俊太は満足そうに言った。

俊太が着ている紺色《こんいろ》のジャンパーと、茶色いコーデュロイのズボンは、お兄さんのおさがりだという。まだ大きすぎるのでしまってあったそうで、ぶかぶかの袖《そで》と裾《すそ》を折り返している。白いニット帽は、お姉さんのものを無断《むだん》で拝借《はいしゃく》してきたらしい。

おじさんがやってこないか用心しつつ、バスの運行図をたしかめた。先週おじさんが乗った路線は、駅を起点として、街の北部にあたる山あいの一帯をめぐるようだ。

「長谷川はこのへん行ったことってある？」

「ない」

家や学校も、図書館も海も、駅より南側にある。

「そっか。おれも」

子どもふたりで見知らぬ場所へ遠出するなんて、大丈夫《だいじょうぶ》だろうか。あらためて心配になってきた千春をよそに、俊太《しゅんた》はうきうきと言う。

「ああ、なんか楽しみになってきた」

その後は、バス停の見える、駅前広場のベンチで時間をつぶした。駅の出口から大勢《おおぜい》の人々が吐《は》き出《だ》され、また吸《す》いこまれていく。休みの日だからか、千春たちくらいの年《ねん》齢《れい》の子どももけっこう通りかかる。

広場の時計が一時を指しても、おじさんはあらわれなかった。一時五分になっても、十分になっても。

「おかしいなあ。店まで見にいってみる？」

俊太はそわそわして、ベンチから立ったり座《すわ》ったりしている。

「でも、あの狭《せま》い道で会ったら、さすがにばれちゃうんじゃない？」

「そうだよな。おじさん、どっちのほうから来るだろ？」

ふたりでロータリーをぐるりと見まわしてみる。いくつものバス停、タクシー乗り場、駐輪場《ちゅうりんじょう》にコンビニもある。

「あ、あのバスだよね？」

ちょうどロータリーにすべりこんできたバスを、千春は指さした。

「あっ」

俊太も声を上げた。千春とはちがう方向にひとさし指をむけている。小走りにバス停へ駆《か》け寄《よ》っていく人影《ひとかげ》が、千春の視界《しかい》にも入った。

おじさんだった。


空いていた一番後ろの五人席に、千春と俊太がふたりならんで腰《こし》を下ろしたとたんに、バスは発車した。

最後尾《さいこうび》の席は一段《いちだん》高くなっていて、車内全体が見わたせる。中ほどの一人席で、窓枠《まどわく》にひじをひっかけて外を眺《なが》めているおじさんの横顔も、よく見える。あざやかに紅葉《こうよう》した街路樹《がいろじゅ》にみとれているようでも、なにか考えごとをしているようでもある。千春たちがうつむいて横を素通《すどお》りしたときも、まったく気づいた様子はなかった。

バスは駅前通りをしばらく走った。停留所《ていりゅうじょ》でとまるたびに、ぽつりぽつりとお客さんが乗りこんでくる。

バスがゆるやかな坂道を上りはじめたところで、おじさんは正面にむきなおった。

「降《お》りるのかな?」

俊太《しゅんた》が千春に耳打ちした。

「そうかも」

もぞもぞと身じろぎしているおじさんから目は離《はな》さずに、千春も小声で答えた。降車《こうしゃ》ボタンを押《お》すのだろうか。

「おっ?」

俊太が声をもらした。

おじさんはボタンを押《お》さなかった。かわりに、黒い野球帽《やきゅうぼう》をかぶって、サングラスをかけた。

おじさんが降《お》りたのは、そこから七つか八つ先のバス停だった。まずおじさん、次に杖《つえ》をついたおばあさんが降りていき、その後に千春たちも続いた。おじさんは今度も気づかなかった。

歩きはじめたおじさんの後を、数メートル離《はな》れて追いかける。まわりには住宅街《じゅうたくがい》が広がっている。千春たちの住んでいる町内では、一軒家《いっけんや》にまじってマンションも建っているが、ここには背《せ》の高い建物がほとんどない。そのかわり、ひとつひとつの家はどれも大きい。赤や黄色に色づいた植木が、塀《へい》のむこうから頭をのぞかせている。

秋晴れの陽ざしに照らされた、立派《りっぱ》な門がまえの家々のあいだを、おじさんはすたすたと歩いていく。

道は静かで、歩行者も車もめったに通らない。おじさんが急に振《ふ》りむいたときにはいつでも顔をかくせるように、千春は帽子のつばに手をかけていたけれど、その必要はなかった。おじさんは一度も振《ふ》り返《かえ》らなかった。立ちどまったり、あたりを見まわしたりもしない。

おじさんについて右へ左へと曲がっているうちに、千春はなんだか心細くなってきた。歩いても歩いても、似《に》たような民家が続いているばかりで、これといった目印もない。おじさんを見失ったら、迷子《まいご》になってしまいそうだ。ところどころにある住所番地の表示《ひょうじ》にも、知らない町名ばかりが書かれている。

十分か十五分ほど歩いたところで、つきあたりにこぢんまりとした公園が見えてきた。あいかわらず迷《まよ》いのない足どりで、おじさんは公園に入っていった。千春と俊太《しゅんた》は入り口で立ちどまり、そっと中をうかがった。

ブランコと鉄棒《てつぼう》と、すべり台のついたジャングルジムがあって、千春たちより少し小さい、低学年くらいの子どもが数人遊んでいる。正面にももうひとつ出入り口がある。公園の中を通りぬけ、むこうの道に出られるようだ。

そちらの出口の手前に置かれたベンチに、おじさんは腰《こし》を下ろした。

「休憩《きゅうけい》かな?」

千春は俊太にささやきかけた。

「待ちあわせかも」

俊太がささやき返してくる。おじさんは両ひざにひじをついてあごをのせ、上半身を軽くひねるような体勢《たいせい》で、奥《おく》の道のほうに顔をむけている。たしかに、誰《だれ》かが来るのを待っているようにも見える。

「とりあえず、中に入ってみよう」

千春たちも公園に足を踏《ふ》み入《い》れた。

遊んでいる子どもたちにまぎれて、ジャングルジムに上る。空が近づき、視界《しかい》が広がった。遊具を囲むように植えられたいちょうの木から、黄色い葉っぱがはらはらと散っている。

ベンチに座《すわ》ったおじさんは、身じろぎひとつせず、一心に出口を眺《なが》め続《つづ》けている。

「奥さんを待ってるのかな？」

「さあ」

「やっぱおじさん、スパイなんじゃないの？　ここで味方と待ちあわせしてるとか」

「こんなところで？」

千春たちがベンチを見下ろしてひそひそと言いかわしていたら、おじさんがにわかに立ちあがった。

「あ、行っちゃう」

あわててジャングルジムから下りようとした千春の腕《うで》を、俊太《しゅんた》がつかんだ。

「見て」

おじさんはまだ公園の中にいた。

出口のかたわらに植えられた、ひときわ大きないちょうの木にぴったりと身を寄《よ》せて、外をのぞいている。おじさんだけでなく、その視線《しせん》の先にあるものも、ジャングルジムの上からはよく見えた。

「あれが奥《おく》さん？」

俊太がかすれた声で言った。

道をはさんで、公園のほぼ真むかいに建っている家から、女のひとが出てくるところだった。大きなかばんを肩《かた》にかけ、赤い日よけのついたベビーカーを押《お》している。顔は長い髪《かみ》にかくれてよく見えない。

女のひとが門の扉《とびら》を閉《し》め、前の道を歩きはじめると、おじさんはふらふらといちょうの陰《かげ》から歩み出た。追いかけるのかと思いきや、道の真ん中で足をとめ、だらりと両腕《りょううで》をたらして突《つ》っ立《た》っている。

そして、だしぬけにこちらをむいた。

千春は顔をそむけ、体を縮《ちぢ》めた。横目でおじさんの動きを追う。おじさんはジャングルジムには目もくれず、足早に公園の中をつっきっていく。

もと来た道を去っていく背中《せなか》を見送って、千春はつめていた息を吐《は》いた。

「行っちゃったね」

「早く追いかけようぜ」

俊太がはっとしたように目を見開き、ジャングルジムから下りはじめた。千春も後に続いて、地面に降《お》りたつ。角を曲がったのか、おじさんの姿《すがた》はもう見えなかった。

「ちがう。こっちだよ」

俊太が片手《かたて》で千春のひじをひっぱった。もう片方の手で、千春が駆《か》け出《だ》そうとしていたのとは反対の方向を指さす。

公園と道路をへだてる低い植えこみのむこうに、赤いベビーカーが見えた。

ベビーカーを押《お》している女のひとの歩みは、とても遅《おそ》かった。追《お》い越《こ》してしまわないように、千春たちものろのろと歩く。

それでも、おじさんを追いかけるのに比《くら》べれば、ずっとかんたんだ。むこうはこっちの顔を知らないから、かくれる必要はない。話している声が聞こえないようにだけ、注意すればいい。

「これからどうするの？」

千春は小声で俊太《しゅんた》にたずねた。

「どうしよう」

俊太も小声で答えた。なにか考えがあるのかと思ったのに、そういうわけでもないようだ。

「なんにも考えてなかったの？」

「だって、これ以上おじさんを追っかけても意味ないし」

「それはそうだけど……」

けたたましい泣き声が、千春の声をさえぎった。

女のひとがベビーカーをとめ、前へまわりこんで、手足をばたつかせて泣きわめいている赤《あか》ん坊《ぼう》を抱《だ》きあげた。千春たちにむかって申《もう》し訳《わけ》なさそうに頭を下げ、片手《かたて》でわが子をあやしつつ、もう片方の手でベビーカーを道の隅《すみ》に寄《よ》せてくれる。

「どうする？」

「このまま歩かないと不自然じゃない？」

「だよな」

ふたりですばやく相談しあい、ベビーカーの横を通《とお》り過《す》ぎた。

道なりにしばらく進んで振《ふ》りむいたら、母子の姿《すがた》はもう見えなかった。赤ん坊の泣き声だけが、まだかすかに聞こえてくる。

「きれいなひとだったね」

千春は言った。色白ですらりと背《せ》が高く、彫《ほ》りの深い顔だちだった。

「うん。おじさん、やるなあ」

「わたし、どこかで見たことがあるような気がするんだけど」

「そう？　知りあいに似《に》てるとか？」

「もしかして、芸能人《げいのうじん》かも」

「ああ、ありうるな」

俊太《しゅんた》が頭からニット帽《ぼう》をすぽんと抜《ぬ》きとり、くしゃくしゃと髪《かみ》をかきまわした。

「まあ、今日はこんなもんかな。そろそろ帰ろうぜ」

「そうだね」

まわれ右をして、来た道をまっすぐ引き返した。あの親子連れはどこかで角を曲がったのか、すれちがわなかった。彼《かれ》らの家の前までもどってきて、さりげなく表札を確認《かくにん》した。「杉本《すぎもと》」と書いてある。

「おじさんの苗字《みょうじ》とちがうな」

「奥《おく》さん、再婚《さいこん》したんだね。あの赤ちゃんも、おじさんの子どもじゃないよね」

さっきの公園を通りぬけ、次の十字路にさしかかったところで、どちらからともなく足がとまった。

「バス停、どっち？」

「え、覚えてないの？」

「うそ、長谷川も？」

左右を見まわした俊太《しゅんた》の顔は、心もちひきつっている。おそらく、千春も似《に》たような表情《ひょうじょう》を浮《う》かべているのだろう。

「右から来たんじゃなかったっけ？」

「そうかな？」

「じゃ、左？」

「いや、やっぱ右かもな」

「ちょっと、ちゃんと考えてよ」

つい、声がとがってしまう。

「しょうがないだろ。おじさんに集中してて、まわりなんか見てなかったって」

「わたしだって」

千春が言い返したところで、後ろから声がした。

「どうしたの？」

振《ふ》りむいて、飛びあがりそうになった。心配そうにふたりを見下ろしているのは、あの女のひと――杉本《すぎもと》さんだった。

「もしかして、道に迷《まよ》った？　さっきから、このへんをうろうろしてたよね？」

すれちがったときに、覚えられていたらしい。あんなに泣いていた赤《あか》ん坊《ぼう》は、ベビーカーの中で気持ちよさそうに眠《ねむ》っている。

「あの、ええと、その」

俊太は顔を赤くして口ごもっている。いざというときに頼《たよ》りにならない。千春は勇気を出して、口を開いた。

「バス停がわからなくなっちゃったんです」

「ここから一番近いバス停かな？」

杉本さんが首をかしげて口にしたのは、まさにおじさんといっしょに降《お》りた停留所《ていりゅうじょ》の名前だった。

「はい、そこです」

「だったら、ここをまっすぐ行って。歩道橋のある広い道路につきあたったら、それがバス道なの。あとは右に曲がって、またまっすぐ」

手ぶりをつけて、説明してくれる。

「ここをまっすぐ、広い道で右に曲がって、またまっすぐ」

千春は復唱《ふくしょう》した。

「そうそう。もっと近道もあるんだけど、くねくね曲がってわかりにくいから」

それがたぶん、行きしなに通ってきた道筋《みちすじ》なのだろう。

「ありがとうございました」

千春はお礼を言った。横でぼうっと聞いていた俊太《しゅんた》も、はじかれたようにおじぎをした。

「ありがとうございました」

「どういたしまして。気をつけて帰ってね」

にっこりと微笑《ほほえ》んだ杉本《すぎもと》さんの顔に、千春の目は釘《くぎ》づけになった。

誰《だれ》に似《に》ているのか、突然《とつぜん》わかったのだ。三日月みたいに細まった目のかたちは、おじさんにそっくりだった。

冬、そして春

WINTER,
and
SPRING

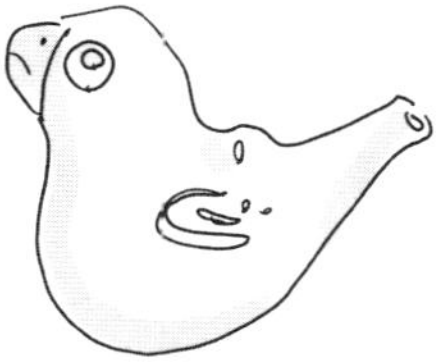

月曜日の三時過《す》ぎ、市立図書館の周囲にぐるりとめぐらされた遊歩道には、ほとんど人影《ひとかげ》がない。

建物のちょうど真裏《まうら》にあたるベンチに、千春は俊太《しゅんた》とならんで腰《こし》を下ろしている。夏休みにおじさんが連れてきてくれた場所だ。あのときは頭上にみっしりと茂《しげ》っていた桜《さくら》の葉っぱがすっかり色づき、ベンチの前にも赤と黄のまじりあった落ち葉のじゅうたんが広がっている。

放課後、ゆっくり話せるところはないかと考えて、千春が思いついたのだった。学校だと誰《だれ》かに見られてしまうかもしれない。別に悪いことをしているわけではないし、見られてもかまわないのだが、なんとなく落ち着かない。学校から図書館までも、ふたりばらばらに来た。

俊太はベンチに座《すわ》るなり、ノートをひざの上に広げ、先週の仮説《かせつ》を書き直した。〈おじさんは、リコンしたおくさんにあいにいっている?〉を、〈おじさんはむすめ（すぎ本さん）を見にいっている〉に。

「おじさん、なんで杉本《すぎもと》さんに話しかけなかったのかな?」

鉛筆《えんぴつ》を置き、首をかしげる。

「あのドラマだと、だんなさんは奥《おく》さんをじゃましないように、陰《かげ》で見守ってるんだよな」

まだ例のドラマにこだわっているようだ。

「夫婦《ふうふ》なら、そういうこともあるかもしれないけどね」

千春も首をひねった。あの夫は、別れた妻《つま》が現在《げんざい》の恋人《こいびと》に疑《うたが》われたり嫉妬《しっと》されたりしないように、気をつかっている。でも親子なら、父親が娘《むすめ》の前に姿《すがた》を見せたところで、特に問題はなさそうだ。

「仲が悪いとか？」

「仲が悪いんだったら、わざわざ会いにいかないんじゃない？」

「おじさんは会いたいんだけど、あっちがきらってるとかさ」

「顔も見たくないくらい？」

それも、なんだか腑《ふ》に落《お》ちない。

おじさんは変わっているけれど、根本的にはすごくいいひとだ。あの杉本さんだって、見知らぬ迷子《まいご》を助けてくれるくらいだから、親切で優《やさ》しい性格《せいかく》なのだろう。実の父親を憎《にく》むようなひとには見えなかった。しかもその父親は、毎週のように自宅《じたく》の前まで通うほど、娘《むすめ》に会いたがっているのだ。

「ちゃんと住所も教えてもらってるわけだしな」

「本人じゃなくて、別れた奥《おく》さんに聞いたのかもしれないけどね」

どちらにしても、もしも娘にうとまれてもしかたないようなひどい父親だったとしたら、居所《いどころ》も明かしてもらえないのではないか。

「じゃあ、あんな変装《へんそう》なんかしないで、堂々と会いにいけばいいのに」

俊太《しゅんた》がため息をつく。

「ほんとはおじさんも面とむかって話したいんじゃない？　長いこと会ってないから、話しかける勇気が出ないのかも」

大きな体を縮《ちぢ》こまらせて木の幹《みき》にへばりつき、必死に首を伸《の》ばしていたおじさんのまるまった背中《せなか》を思い出して、千春はちょっと悲しくなった。

「離婚《りこん》したのって、もう何年も前のはずだよ。それから今まで全然会ってなかったってこと?」

「わたしもわかんないけど、あんまり親しくはなかったんじゃないかな」

おじさんはずっと海外で働いていたらしいし、そもそも妻《つま》や娘《むすめ》とそれなりに交流を続けていたのであれば、もっと気軽に訪《たず》ねていけるだろう。お店の作業台に飾《かざ》ってある二枚《まい》の写真も、どちらも赤《あか》ん坊《ぼう》のころのものだ。もしも成長してからの写真も持っているなら、わざわざ同じような二枚をならべるより、ちがう年代のものを選ぶ気がする。

「でも、おじさんのほうはずっと会いたかったのかもね」

会いたいひとに会えなくなるときもある、としんみり話していたおじさんのさびしげな顔つきを、千春はよく覚えている。陽気なおじさんがそんな表情《ひょうじょう》を見せるのははじめてだったから、よけい印象に残っているのだろう。

まさにここで、千春にクルピをくれたときのことだ。会いたい相手を思《おも》い浮《う》かべて吹《ふ》けばその音が届《とど》くという、不思議な力を持つ笛である。

あのときはまだ、千春はなんにも知らなかった。あまり深く考えもせず、おじさんにも会いたいひとはいないのかとたずねた。いない、とおじさんは答えたけれども、こうして思い返してみれば、いつになく歯切れが悪かったかもしれない。

「おとなの事情《じじょう》ってやつか」

俊太《しゅんた》が訳知《わけし》り顔《がお》で肩《かた》をすくめた。

「わたしたちにもなにか手伝えないかな？　おじさんたちがちゃんと話せるように」

千春が困《こま》ったときに、おじさんは何度も助けてくれた。今度は千春のほうが、おじさんに恩返《おんがえ》しをする番だ。

「よし」

俊太がひざに置いていたノートを一枚《まい》めくった。

〈おじさんおたすけ作せん〉

新しいページに、でかでかと書き入れる。


次の作戦会議は、四日後の金曜日にやった。

火曜から木曜までの三日間は、放課後に俊太のサッカークラブがあって、時間が作れなかったのだ。練習がすんだ後、六時過《す》ぎからなら大丈夫《だいじょうぶ》だと言われたが、それは千春が困《こま》る。最近はすっかり日が短くなって、その時間にはもう外は真っ暗だ。帰りが遅《おそ》いとお母さんに心配されてしまう。

この作戦については、家では話していない。おとなの事情《じじょう》だと俊太が言っていたので、お母さんやお父さんにも意見を聞いてみたかったけれど、こういうことを勝手に話すのはおじさんに悪い気がした。かわりに、あくまで一般的《いっぱんてき》な質問《しつもん》として、たずねることにした。

「ねえお父さん、もしもの話なんだけどね」

家族三人で夕ごはんを食べているときに、千春はさりげなく切り出した。

「うん？　なんだ？」

機嫌《きげん》よく答えたお父さんに、もしもだよ、と念を押《お》してから続ける。

「もしお父さんたちが離婚《りこん》して、お母さんやわたしと別々に暮《く》らすことになったら……」

「り、離婚？」

千春が言い終えるのを待たずに、お父さんはぎょっとした顔でさえぎった。横に座《すわ》ったお母さんも、あんぐりと口を開けている。

さりげなく聞いたつもりだったのに、失敗だっただろうか。

「ええと、あのね、そういう漫画《まんが》があって」

千春はあたふたとごまかした。

「なんだ、漫画の話か。ああ、びっくりした」

お父さんが表情《ひょうじょう》を和《やわ》らげた。

「で、千春はなにが気になるんだ？　親が離婚《りこん》すると、子どもはどうなるか？」

「どうなるか、っていうか……」

中途半端《ちゅうとはんぱ》にとぎれてしまった質問《しつもん》を、千春は言い直した。

「もし離《はな》れて暮《く》らすことになっても、お父さんはわたしに会いたい？」

お父さんが再《ふたた》び笑みをひっこめた。箸《はし》を置き、千春と目を合わせて、

「会いたい」

と、きっぱり言った。

「お父さんとお母さんは、どんなことがあっても、千春のお父さんとお母さんだよ」

となりのお母さんも、深くうなずいていた。

月曜日と同じベンチに、俊太《しゅんた》はすでに座《すわ》っていた。ひざに例のノートを広げ、腕組《うでぐ》みをしてなにやら考えこんでいる。ぶあつくなった落ち葉のじゅうたんを踏《ふ》みしめて、千春はベンチに近づいた。

「ごめん、お待たせ」

三日のあいだに、遊歩道の木々は完全に葉を落とし、とがった枝《えだ》がむきだしになっている。見た目は寒々しいけれど、陽ざしをさえぎるものがなくなったおかげで、ベンチの座面《ざめん》は前よりもあたたかく感じるくらいだった。

「長谷川は、なんか思いついた?」

腰《こし》を下ろした千春に、俊太はさっそくたずねてきた。おじさんたち父娘《おやこ》をうまく対面させるために、千春たちがどう手伝えばいいか、それぞれ考えをまとめてくる約束だったのだ。

「うん、ひとつ」

正確《せいかく》にいえば、ひとつ「だけ」だ。しかも、あんまり自信はない。

「なになに?」

俊太《しゅんた》が鉛筆《えんぴつ》を片手《かたて》に身を乗り出してきて、千春はしかたなく口を開いた。

「おじさんについていってあげるのは、どうかな？」

「ついていくって、あの家に？　おれたちが？」

きょとんとして聞き返された。

「おじさん、なんかさびしそうだったから。誰《だれ》かといっしょのほうが話しかけやすいんじゃないかと思って」

いちょうの陰《かげ》にひっそりとかくれていたおじさんの心細げな背中《せなか》を、千春はいまだに忘《わす》れられない。

「さびしそうだった？　どこが？」

俊太はあいかわらずぴんとこないようだ。そう言われてしまうと、どうしておじさんがさびしそうに見えたのか、千春にも説明できない。表情《ひょうじょう》を確認《かくにん》したわけでも、声を聞いたわけでもない。

「なんとなく。おじさん、ひとりぼっちだったし」

「おとなの男が、ひとりだからってさびしがるか？」

俊太が鉛筆《えんぴつ》の頭でノートをぺちぺちとたたく。

「女子ってさ、ひとりでいるのがきらいだよな。トイレも友だちと行くもんな」

ばかにしている口ぶりではなかったものの、千春は少しむっとした。ひとりではなんにもできない、と暗《あん》に非難《ひなん》されているように聞こえる。

「おとなだって、さびしくなるときはあるんじゃない？」

「まあ、そうかもしれないけど」

俊太が首をかしげつつ、ノートに〈おじさんにつきそう〉と書き入れた。

「おじさんはさ、さびしいっていうより、気まずいんじゃないの？」

「気まずい？」

今度は千春がきょとんとした。

「忙《いそが》しすぎて子どものことを後まわしにしてたの、悪かったって思ってるんじゃないかな。うちの親もときどきおれにあやまってくるもん、仕事のせいで学校の行事に出られなくなったりすると」

考え考え、俊太は言う。

「なるほどね」

以前、千春のお母さんと会ったときに、後悔《こうかい》しているとおじさん自身も話していた。娘《むすめ》といっしょに過《す》ごす時間があまりなかった、もったいないことをした、と。これまで放ったらかしにしていたのに、今さら会いたいとは言い出しにくいのかもしれない。

「だったら、おじさんを励《はげ》ませばいいかと思ったんだよな。むこうは気にしてないはず、とか、会えたらきっと喜ぶよ、とか、そんな感じで。けど」

俊太《しゅんた》は口ごもり、鉛筆《えんぴつ》をくるりとまわした。

「よく考えたら、あんまり意味ないかも。おじさんがどう思われてるのか、結局おれらにはわかんないし」

「そうだね」

千春も同感だった。杉本《すぎもと》さんのほうも父親に会いたいと考えてくれているかどうか、千春たちには判断《はんだん》できない。無責任《むせきにん》にそれらしいことを言うのも気がひける。

「杉本さんは優《やさ》しそうだったし、追い返したりはしなさそうだけどな。ああ、でも」

俊太が急に顔をしかめた。

「優《やさ》しそうな女は要注意なんだよな。兄ちゃんがよく言ってる」

ああもう、わっかんねえなあ、と低くうめき、降参《こうさん》するように両腕《りょううで》を上げる。

「実際《じっさい》、おじさんってどう思われてんのかな？」

「あっ、そうか」

千春はぱちんと手を打った。

「聞いてみればいいんじゃない？　どう思われてるのか」

「へ？　おじさんに？」

「ちがうよ。本人に直接《ちょくせつ》」

千春は俊太の手から鉛筆《えんぴつ》をとって、新しい行に書きこんだ。

〈すぎ本さんと話をしてみる〉


さっそく次の日に、千春たちはまたバスに乗って出かけた。

ふたりで計画した「おたすけ作せん」は、そう複雑《ふくざつ》なものではない。先週と同じ、土曜日の昼間に、あの家の前で待ちぶせする。杉本さんが出てきたら声をかけ、おじさんが会いたがっていると伝える。

　当のおじさんには、今のところ黙《だま》っておくことにした。ないしょで事を進めておどろかせよう、と俊太《しゅんた》がはりきっているのだ。千春も反対しなかった。おじさんに打ち明けるとしたら、尾行《びこう》したことまで話さなければならない。それに、もしも作戦が失敗した場合、おじさんをがっかりさせてしまう。盛《も》りあがっている俊太に、そんな悲観的なことは言えないけれど。

　バスを降《お》り、杉本《すぎもと》さんに教えてもらった道順を逆《ぎゃく》にたどって、公園に着いた。今日も子どもたちが何人か遊んでいる。

　おじさんが来ても鉢《はち》あわせしないように、ジャングルジムに上ってから、あらためて杉本家を観察した。二階建てでけっこう大きい。いくつかある窓《まど》にはすべてレースのカーテンがかかっていて、中は見えない。

「杉本さん、どんな反応《はんのう》するかな？　お父さんが会いたがってますよっておれらが言ったら、びっくりするよな？」

　両足をぶらぶらさせながら、俊太が言った。

「あんまりいきなりだと、警戒《けいかい》されちゃうかもね。まず、こないだ道を教えてもらったお礼を言ったほうが自然じゃない？」

「そっか。長谷川、頭いいな」

「自己紹介《じこしょうかい》もしたほうがいいかも。名前と、あと小学校とクラスとか？」

「ちゃんと名乗ったほうが信用してもらえそうだもんな。よし、ちょっと練習」

俊太が咳《せき》ばらいをして、口調をあらためた。

「こんにちは。先週は道を教えてもらって、ありがとうございました。ぼくは、市立第二小学校五年二組の和田俊太です」

目で合図され、千春も後をひきとった。

「わたしも同じ五年二組の、長谷川千春です」

「なんでおれらがおじさんと知りあいかっていうのも、軽く説明したほうがいいか」

「そうだね」

「おれ、いやぼくは、おじさんの働いている修理屋《しゅうりや》さんで自転車を直してもらったのがきっかけで、仲よくなりました」

「わたしは、泥《どろ》のはねたスカートのしみ抜《ぬ》きをしてもらいました。おじさんはいろんなことを教えてくれて、話していると楽しいです」

杉本《すぎもと》さんに会いたいと思ってもらうためにも、おじさんがいいひとだとしっかり伝えておかなければならない。

「うん、完璧《かんぺき》」

作戦は、完璧だった。ただ、ひとつだけ問題があった。

杉本さんが、ちっとも出てこないのだ。ジャングルジムの上は強い風が吹《ふ》きつけてきて、かなり寒い。硬《かた》い棒《ぼう》に座《すわ》っているうちにお尻《しり》も痛《いた》くなってきた。やけに気合いの入っていた俊太《しゅんた》も、だんだん口数が減《へ》った。

一時間ほどねばったあげく、ジャングルジムから下りたときには、ふたりとも体が冷えきっていた。俊太が身震《みぶる》いして、先週おじさんが座っていたベンチへと駆《か》け寄《よ》っていく。

「ここ、いいな。杉本さんちの門がばっちり見える」

「おじさん、来ないかな?」

千春は反対側の入り口を見やった。

「今日はもう来ないいんじゃやない？　来ても、すぐにはおれたちだってわかんないだろうし、大丈夫《だいじょうぶ》だよ」

俊太は正しかった。結局、おじさんはあらわれなかった。そして、杉本さんも。

さらに一時間が経《た》つころには、空はうす紅色《べにいろ》に染《そ》まっていた。遊んでいた子どもたちも連れだって帰っていき、公園には千春たちだけになってしまった。

道沿《みちぞ》いにならぶ家々の窓《まど》に、ぽつりぽつりとあかりがともっている。杉本家の一階の、レースのカーテンがかかった窓のひとつからも、玉子色のあかりがもれていた。杉本さんなのか、その家族なのか、少なくとも誰《だれ》かは家の中にいるようだ。どこからか、カレーのにおいがただよってくる。

「そろそろ帰ろうか」

俊太が立ちあがった。

「最初からうまくいくほうが、めずらしいからな」

低い作り声で、おじさんの口まねをしてみせる。白い息が、漫画《まんが》のふきだしみたいに口からこぼれた。

「また来週だね」

千春も沈《しず》んだ声にならないように注意して、答えた。一度失敗したくらいでへこたれてはいけないというのも、おじさんから教わっている。


次の週も、そのまた次の週も、作戦は空振《からぶ》りに終わった。

さらに翌週《よくしゅう》は、二学期の終業式の翌日で、つまり冬休みの初日にあたっていた。四度目ともなると慣《な》れてきて、バス停からの道も全然迷《まよ》わなかった。ふたりで公園に入り、ジャングルジムの前を素通《すどお》りし、特等席のベンチに座《すわ》った。

これまでの三度とも、ここでおじさんと出くわすことはなかった。

十二月に入ってから、おじさんがお店を空けることもほとんどなくなっている。最近は散歩に行ってないんだね、と俊太《しゅんた》がおじさんにそれとなく探《さぐ》りを入れてみたら、寒くなってきたからな、師走《しわす》は忙《いそが》しいし、とごまかされたらしい。もうあきらめてしまったのだろうか。なんとなく、いつもの勢《いきお》いがないような気もする。

千春たちのほうは、あきらめるつもりはない。たとえ実験が順調に進まなくても、そこでくじけてしまっては、すぐれた発明は生まれない。そしてまた、完全に失敗というわけではなくて、想定していた流れとはちがった展開《てんかい》につながる場合もある。

「うう、さみぃ」

びょうと音を立てて風が吹《ふ》き、俊太がぶるりと体を震《ふる》わせた。

「夜から雪が降《ふ》るらしいよ」

出かける間際《まぎわ》にお母さんから聞いたまま、千春は教えた。お母さんには、おじさんのところに行ってくる、と言ってある。

「まじ？　降ってこないうちに出てきてくんないかなあ」

千春もまったく同感だった。厚着《あつぎ》していくようにと念を押《お》され、マフラーも手袋《てぶくろ》もつけてきたのに、それでも寒い。遊具で遊んでいる子どもも、いつもより少ない。

「ん？」

ベンチから杉本家《すぎもとけ》を見やり、千春はまばたきした。

「なんか、いつもとちがわない？」

「へ？　どこが？」

「どこがってわけじゃないけど。雰囲気《ふんいき》、かな？」

「ふんいき？」

俊太《しゅんた》が腰《こし》を上げ、ポケットに手をつっこんで、公園の出口へぶらぶら近づいていく。前におじさんがかくれていたいちょうの大木が、葉の落ちた鋭《するど》い枝《えだ》を天にむかって伸《の》ばしている。

「待って」

千春も後を追った。いつまで経《た》っても杉本《すぎもと》さんに会えないので、俊太はどんどん大胆《だいたん》になっている。前回は、玄関《げんかん》の呼《よ》び鈴《りん》を鳴らしてみようとまで言い出して、思いとどまらせるのに苦労した。

俊太は道を横ぎって、門の前で奥《おく》の母屋《おもや》を見上げている。追いついた千春も、となりにならんだ。

「ちがうかなあ？　わかんねえな」

「そう？　わたしの気のせいかも」

言いきられてしまうと、自信がなくなってくる。

「長谷川、危《あぶ》ない。車が来る」

あらためて家を見ていたら、俊太に腕《うで》をひっぱられた。十字路の先から黒いタクシーがゆっくりと近づいてきていた。ふたりで門に身を寄《よ》せて、道を譲《ゆず》る。

「あ、ツリーだ。かわいいね」

門の先にひかえている玄関《げんかん》の脇《わき》に、小さなもみの木の鉢植《はちう》えが置かれていた。天使やトナカイの飾《かざ》りがぶらさげられ、てっぺんに金色の星がついている。

「これ、先週はなかったよな？　だから雰囲気《ふんいき》がちがうと思ったんじゃないの？」

「そうかも」

千春が納得《なっとく》したそのとき、ばたん、と背後《はいご》で音がした。

振《ふ》りむいて、心臓《しんぞう》がはねた。さっきの黒いタクシーが、千春たちの真後ろにとまっていた。

後部座席《ざせき》から降《お》りてきたのは、赤《あか》ん坊《ぼう》を抱《だ》いた杉本さんだった。

目が合って、しばし見つめあう。杉本さんに話しかける場面を、千春は何度も何度も想像《そうぞう》していたのに、なにも声が出てこなかった。俊太《しゅんた》も黙《だま》って立ちすくんでいる。

沈黙《ちんもく》を破《やぶ》ったのは、杉本《すぎもと》さんだった。

「うちに、なにかご用ですか？」

俊太が助けを求めるように、千春を横目で見た。千春だって助けてほしいのに。

「あれ？」

杉本さんが小首をかしげた。

「もしかして、このあいだの？」

そうだ、話の糸口として、あのときのお礼を言うつもりだったんだ。ようやく頭が働き出し、千春はほっとして口を開いた。

「はい。道を、あの、バス停までの道を、教えていただいて」

ありがとうございました、と続けようとしたら、俊太が割《わ》りこんできた。

「おれたち、あやしい者じゃないです」

聞いたこともないような、うわずった声だった。

「ねえ、ちょっと」

千春はあせって俊太のひじをつついた。打ちあわせていた流れとちがう。もちろん、あやしい者じゃないと信じてもらう必要はあるけれど、あやしくないとだけ言《い》い張《は》っても、よけいにあやしい。おまけに、俊太の顔は耳まで真っ赤に染《そ》まっている。

「おれら、おじさんにお世話になってて」

それも伝えたい。ただ、順番がまちがっている。まずは自己紹介《じこしょうかい》をしなければ。

「あ、おれ、じゃなかった、ぼく、第二小学校五年二組の和田俊太です」

千春の心の声が聞こえたのか、今さら作戦を思い出したのか、俊太が名乗った。はらはらしながら、千春も言いそえる。

「わたしは長谷川千春です」

「ええと、おじさんっていうのは……」

杉本さんが眉間《みけん》にしわを寄《よ》せた。

「うちの主人のことでしょうか？」

「いいえ、あの……」

千春は観念して答えた。

「お父さんのことです」

たぶん、と心の中でつけ加える。

「お父さん？」

杉本《すぎもと》さんは目をまるくして、くり返した。まるで、お父さんという言葉を生まれてはじめて聞いたかのように。

「わたしの？」

「はい」

俊太《しゅんた》がおじさんの本名を口にすると、杉本さんの目がさらに見開かれた。

「でも、わたしの父は――」

その続きは、ふえええ、という情《なさ》けない泣き声でさえぎられた。

見知らぬ小学生ふたりにおびえたのか、母親の動揺《どうよう》を感じとったのか、赤《あか》ん坊《ぼう》が泣き出したのだった。ピンク色のベビー服を着ている。女の子だろうか。

「ああ、ごめん。ちょっとだけ待ってね、ママ、お客さんとお話ししてるから」

杉本さんがあやしても泣きやまず、えっ、えっ、とかぼそい声でしゃくりあげている。

ふっくらしたほおを、涙《なみだ》がほろほろと伝っていく。千春はなんだか申《もう》し訳《わけ》ない気持ちになって、目をふせた。

「よしよし、ごめん。ごめんね」

優《やさ》しくゆすられた赤《あか》ん坊《ぼう》は、つぶらな瞳《ひとみ》にまだ涙をいっぱいためたまま、くしゅん、とくしゃみをした。

「寒いの、のんちゃん？」

のんちゃんからの返事はなかった。かわりに、くしゅん、とさっきよりも大きなくしゃみが響《ひび》いた。

つられるように、俊太もくしゃみをした。それから、千春も。

杉本さんが、腕《うで》の中のわが子から千春たちへと目を移《うつ》した。三人の子どもたちを順繰《じゅんぐ》りに見まわしてから、

「よかったら、中で話しましょうか」

と、言った。

陽あたりのいいリビングは、ぽかぽかとあたたかかった。

杉本《すぎもと》さんは千春たちにソファをすすめ、部屋の一隅《いちぐう》にめぐらされた低い柵《さく》の内側に、娘《むすめ》を座《すわ》らせた。子どもの遊び場らしく、マットの上にぬいぐるみや絵本が散らばってい る。のんちゃんはすさまじい音を立てておもちゃ箱をひっくり返すと、ひとりで機嫌《きげん》よく遊びはじめた。

「お茶をいれてきますね」

カウンターをへだてたキッチンに、杉本さんは入っていった。お湯を沸《わ》かしたり食器を準備《じゅんび》したりする音が、かすかに聞こえてくる。

「広いな」

俊太《しゅんた》がひそひそと千春に耳打ちした。ゆったりした布張《ぬのば》りのソファは、おとなでも三人は座れそうだ。

「広いね」

千春のうちのリビングの、二倍はある。

千春たちの正面には、木製《もくせい》のローテーブルをはさんで、ひとまわり小ぶりの、おそろ

いのソファも置かれている。その背後《はいご》は壁《かべ》一面《いちめん》が棚《たな》になっていて、中央に大きなテレビがすえられ、まわりに本や置きものがならべてある。家族の写真が入った大小のフォトフレームも、あちこちに飾《かざ》られている。

「ねえ、あれ」

中でもとりわけ大きい、テレビの真上に置かれたひとつを、千春は指さした。白い産《うぶ》着《ぎ》を着た赤《あか》ん坊《ぼう》が、ばんざいの格好《かっこう》ですやすや眠《ねむ》っている。

「お店に飾《かざ》ってあるのとおんなじ写真じゃない？」

「ほんとだ」

フレームのてっぺんには、アルファベットが一文字ずつ書かれた大判《おおばん》のタイルが六つ、あしらってある。N、O、Z、O、M、I。ノゾミというのは、のんちゃんの本名だろう。千春はお店の写真を見て、おじさんの娘《むすめ》だと思いこんでいたけれど、孫だったようだ。

「お待たせしました」

杉本《すぎもと》さんがまるいお盆《ぼん》を両手で持って、ソファまでもどってきた。青い花模様《はなもよう》の入った華奢《きゃしゃ》なカップとソーサーが三組、砂糖《さとう》とミルクの器、それからクッキーののった平皿が、順にローテーブルに置かれた。

「いただきます」

緊張《きんちょう》しながら砂糖とミルクを入れ、ぎくしゃくとすすった。熱い紅茶《こうちゃ》からは、果物みたいな甘《あま》いにおいがする。味は、正直なところよくわからない。すすめられるままに、クッキーもかじった。

「いくつか質問《しつもん》してもいいですか？」

自分のカップを手にした杉本さんが、口を開いた。

千春はうなずき、急いで口の中のクッキーをのみこんだ。むこうから聞いてもらえるほうが助かる。なにからどう話したらいいものやら、考えがまとまらない。

「父とはどこで知りあったんですか？」

「修理屋《しゅうりや》？　父は修理屋をしているんですか？」

「いつごろから？」

「そのお店って、この近くにあるんですか？」

杉本《すぎもと》さんの質問《しつもん》に、千春と俊太《しゅんた》は交互《こうご》に答えた。

ひとしきりたずねた後、杉本さんは考えこむように口をつぐんでしまった。のんちゃんの言葉にならない声だけが、静かな部屋にときおり響《ひび》いている。

「あの」

勇気を振《ふ》りしぼり、千春は口を開いた。これだけでは肝心《かんじん》のことが伝わらない。

「おじさんは、杉本さんに会いたがってます」

「父が、わたしに？」

むずかしい顔で聞き返されて、急に不安になった。やっぱり親子仲が悪いのだろうか。それとも、長年会っていなかったのに突然《とつぜん》そんなことを言われて、戸惑《とまど》っているだけなのだろうか。

「会えたら喜ぶと思います」

俊太もおずおずと口ぞえした。

「もしかして」

困《こま》っているようにも、ちょっと怒《おこ》っているようにも見える、なんともいえない目をして、杉本さんは千春たちを見くらべた。

「そう伝えるように、父に頼《たの》まれたんですか？」

「いいえ」

ふたりの返事がそろった。

「それなら、どうして？」

今度はふたりそろって、黙《だま》りこんだ。そんなことを聞かれるなんて、予想していなかった。

なんて答えたらいいんだろう？

おじさんの様子がおかしかったので、ないしょで後をつけました。おじさんは変装《へんそう》までして、この家の前で杉本さんを待ちぶせしていました。でも、実際《じっさい》に杉本さんが出てきたら、そのまま逃《に》げるように帰ってしまいました。会いたいのに声をかけられないみたいだったので、かわりにわたしたちがおじさんの気持ちを伝えにきました。

なんて、言えない。

ふたりで計画を練っていたときは、すごくいい作戦だと思ったのに、こうして整理してみたら、単なるおせっかいのように思えてくる。そもそも、おじさんがこっそり様子を見にきていたと知って、杉本《すぎもと》さんはどう感じるだろう。

うつむいたまま、千春は横目で俊太《しゅんた》をうかがった。千春と同じく顔をふせ、ぴくりとも動かない。

がたん、と部屋の奥《おく》で音がした。

三人が振《ふ》りむくと、のんちゃんが柵《さく》の間から外へ手を伸《の》ばしていた。口の端《はし》から透明《とうめい》なしずくが伝って、よだれかけを濡《ぬ》らしている。

「のんちゃんも、おやつほしい?」

杉本さんが表情《ひょうじょう》をゆるめ、立ちあがった。

「うらやましかったのかも。うちの子、食いしんぼうなの」

柵越《さくご》しに身をかがめて娘《むすめ》を抱《だ》きあげ、千春たちに苦笑してみせる。おだやかな顔つきにもどっていた。

杉本さんはキッチンからのんちゃんのおやつを持ってきて、ソファにかけ直した。ひざにのせられたのんちゃんは、ぷくぷくした小さな手で、ピンポン玉くらいの大きさのまるい積み木をしっかりと握《にぎ》りしめている。お気に入りなのだろうか。

目が合ったので、千春は笑いかけてみた。のんちゃんは三秒ほど千春の顔を凝視《ぎょうし》してから、ぷいとそっぽをむいて、母親の胸《むね》に顔を埋《うず》めてしまった。

「ごめんなさいね。この子、すごく人見知りで」

「何歳《なんさい》ですか?」

「もうじき一歳」

「ふつうのおやつも食べるんですか?」

「これは赤ちゃん用のボーロ。大好物なんだよね、のんちゃん」

俊太が聞き、杉本さんが答える。質問《しつもん》する側とされる側の逆転《ぎゃくてん》した会話は、さっきまでのぴりぴりした空気がうそのように、なごやかだ。のんちゃんも少しは来客に慣《な》れたのか、それとも食欲《しょくよく》に負けたのか、前にむきなおってぽりぽりとボーロをかじり出した。

おじさんの話題を出さない限《かぎ》り、平和は守られるのだ。

もう帰ったほうがいいのだろうか。作戦は失敗だといさぎよく認《みと》めて、すみやかに退《たい》却《きゃく》すべきだろうか。杉本さんはおじさんのことをあまり聞きたくなさそうだ。千春たちが指図されているのではないか、と疑《うたが》ってもいるようだった。そうでなくても、突然《とつぜん》あらわれた見知らぬ子どもたちの話を、真剣《しんけん》に受けとめてくれるとは限《かぎ》らない。

でも。

「のんちゃん、もうこのくらいにしとこうか。ああ、口が粉だらけ」

口もとを拭《ぬぐ》われてくすぐったかったのか、のんちゃんがきゃっきゃっと澄《す》んだ声を上げた。杉本《すぎもと》さんはいとおしそうに目を細めている。

こんなに幸せそうな娘《むすめ》と孫の姿《すがた》を見られたら、おじさんはどんなにうれしいだろう。

千春は小さく息を吸《す》う。やっぱり、本当のことを伝えなければならない。疑われているならなおさら、誤解《ごかい》を正さなければいけない。心をこめて話せば、きっと杉本さんはわかってくれるはずだ。

おじさんもいつか言っていた。まず自分が相手のことを信じなければ、相手からも信じてもらえない。

気づけば、千春は話しはじめていた。

変装《へんそう》したおじさんを尾行《びこう》したこと。おじさんが前の公園で杉本さんを待っていたこと。道の真ん中に呆然《ぼうぜん》と立ちつくし、杉本さんの後《うし》ろ姿《すがた》を見送っていたこと。

俊太《しゅんた》が横でそわそわしている気配は感じたけれど、杉本さんから目を離《はな》さなかった。杉本さんのほうも、千春をじっと見つめている。まっすぐなまなざしが、おじさんとよく似《に》ている。千春の話を聞くとき、おじさんもこんな目をしている。よけいな言葉は差しはさまずに、じっと耳をかたむけてくれるところも、同じだった。聞き上手は遺伝《いでん》するのかもしれない。

ひと息に話し終え、最後に千春は問いかけた。

「おじさんに、会いにきてもらえませんか？」

杉本さんは答えなかった。のんちゃんはいつのまにか目を閉《と》じて、安らかな寝息《ねいき》を立てている。

「もしかして、会いたくないですか？」

俊太がためらいがちに聞いた。杉本さんはのんちゃんのやわらかそうな髪《かみ》をなでながら、たっぷり時間をかけて考えた末に、

「わからない」

と、答えた。

冬休みのあいだ、千春と俊太《しゅんた》はほぼ毎日、おじさんの店に通った。杉本《すぎもと》さんとおじさんの対面の瞬間《しゅんかん》を、見逃《みのが》すわけにはいかない。

「きみら、最近ひまそうだな」

おじさんには不思議がられたけれど、学校が休みだから、とごまかした。杉本さんのことはまだ話せない。実際《じっさい》に本人があらわれるまでは黙《だま》っていようと、俊太とふたりで相談して決めた。

杉本さんがいつ来るかは、わからない。というか、本当に来てくれるのかどうかもわからない。おじさんに会いにきてほしいと持ちかけた千春たちに、考えてみます、と杉本さんは答えたのだった。

「きっと来てくれるよ」

俊太はいつものとおり、楽観的だ。

「どうしても来たくなかったら、あそこではっきり断《ことわ》るって」

それも、一理《いちり》ある。杉本さんはかなり迷《まよ》っているようだった。長いこと、真剣《しんけん》に悩《なや》みぬいた上で、考えてみると約束してくれた。千春たちも真剣に頼《たの》んでいるということは、たぶん伝わっていたと思う。あの杉本さんなら、そんな相手を前にして、心にもないでまかせは口にしない気がする。千春が説明したお店の場所も、ちゃんとメモをとってくれていた。

冬休みの宿題も、お店でやることにした。なにをするわけでもなく毎日入りびたっていたら、そのうちおじさんもあやしみ出すかもしれない。

千春が作業台に計算ドリルを広げてせっせと解《と》いていると、俊太が横からのぞきこんできた。

「ちょっと見せて」

「自分でやりなよ」

千春はひじを張《は》ってドリルをかくした。

「おれ、算数苦手なんだよ」

「だったら、よけいに自分でやったほうがいいんじゃないの？」

冷静に指摘《してき》した。俊太《しゅんた》が下くちびるを突《つ》き出《だ》す。

「なんだよ、けち」

「なにもめてるんだよ、ふたりとも」

おじさんが割《わ》って入った。俊太をたしなめてくれるのかと思ったのに、

「いいじゃないか、助けあえば」

なんて言う。

「だよね？」

「助けあってない」

千春は憮然《ぶぜん》として訴《うった》えた。こっちが一方的に助けてあげているだけだ。漢字ドリルのときもそうだった。

「長谷川、なんか変わったよな」

俊太がため息をつく。

「変わった？」

「うん。前はもっと親切だったのに」

千春もため息をついた。おじさんはもう口出しはせず、おもしろそうにふたりを見くらべていた。

年が明けても、杉本《すぎもと》さんはやってこなかった。とうとう三学期がはじまってしまった。放課後にお店をのぞくのが、千春の日課になった。サッカークラブの練習がない日は俊太もやってくる。おれがいないときに杉本さんが来たら、全部覚えといて教えてくれよ、全部な、とくどいほど念を押《お》されていたけれど、そんな心配はいらなかった。あいかわらず、杉本さんはあらわれなかったから。

千春たちがいないときに、お店を訪《おとず》れた形跡《けいせき》もない。もしも杉本さんがおじさんに会ったとしたら、自宅《じたく》に押しかけてきた小学生たちの話もするにちがいない。それを聞いたおじさんが、ふたりになにも言わないはずはない。

そうでなくても、おじさんの態度《たいど》を見れば、なにかあったとすぐにわかるだろう。杉本さんの姿《すがた》を遠くから眺《なが》めるだけでも、あれだけ挙動不審《きょどうふしん》になっていたのだ。本人とじかに顔を合わせたとしたら、とても平静ではいられそうにない。

一月最後の土曜日にも、千春は家で昼ごはんを食べてから、お店に足を運んだ。俊太《しゅんた》もすでに来ていた。おじさんはドライバーを手に、作業台にむかっている。手もとには、春に作ったロボット型の看板《かんばん》が横倒《よこだお》しにしてのせられていた。

「どうしたの？」

千春たちは左右からのぞきこんだ。看板とはいえ目と口がついているせいか、病人が手術台《しゅじゅつだい》に横たえられているようにも見える。

「いらっしゃいませ、の声が出なくなったんだよ」

「えっ、故障《こしょう》？」

「いや、ただの電池切れだった」

おじさんの返事を聞いて、千春は少しほっとした。いっしょに作ったこの看板には、愛着がある。できるだけ長く活躍《かつやく》してほしい。

「この機会に、太陽電池で動くように改良しようかと思って。それなら、この先ずっと交換《こうかん》しなくてもいいからな」

てきぱきと手を動かしているおじさんを見守りつつ、千春はふと心配になった。看板がここにあるということは、今は大通りからの曲がり角に目印がないのだ。杉本《すぎもと》さんがお店に来ようとして、道に迷《まよ》ってしまったらどうしよう。看板をもどすまでのあいだ、かわりに貼《は》り紙《がみ》かなにかをしておくように、提案《ていあん》してみようか。

おじさんに話しかけようとして、千春は息をとめた。

うつむいているおじさんの背中越《せなかご》しに、おもての道が視界《しかい》に入ったのだった。ガラス戸のむこうに、人影《ひとかげ》があった。赤いベビーカーを押《お》している。

「すぎ……」

とっさに、声がもれた。

「ん？　なんて？」

手もとに目を落としたまま、おじさんが言った。

「いや、あの、なんでもない」

しどろもどろに答えた千春を、俊太がけげんそうに見やった。千春の視線をたどり、窓《まど》のほうへと首をめぐらせる。

しっ、と千春はくちびるに指をあててみせたけれど、遅《おそ》かった。

「あっ」

今度はおじさんも手を休めた。

「どうした？」

俊太《しゅんた》のほうに顔をむけ、がばりと立ちあがり、そこで動きをとめた。ごとり、と重たげな音とともに、おじさんの手からドライバーが落ち、作業台の上をごろごろと転がっていく。


小さいころに見たアニメの映画《えいが》に、お姫様《ひめさま》が悪い魔女《まじょ》に呪《のろ》いをかけられて凍《こお》ってしまう、という場面があった。

杉本《すぎもと》さんの姿《すがた》をみとめたおじさんは、まさにそんな感じで硬直《こうちょく》している。千春と俊太は目くばせをかわし、おじさんのそばを離《はな》れて、奥《おく》の壁際《かべぎわ》までそろそろと移動《いどう》した。引き戸の開く音が、やけに大きく響《ひび》いた。

杉本さんがベビーカーを押《お》して入ってきた。こちらに背《せ》をむけて戸を閉《し》めてから、前にむきなおる。

作業台をはさんでむかいあう父娘《おやこ》それぞれの横顔を、千春はどきどきしながら見守った。感動の再会《さいかい》はどんなふうになるか、前に俊太と想像《そうぞう》してみたことがある。おじさんは喜ぶだろうね、と千春は言った。杉本さんは泣いちゃうかもな、と俊太は言った。

予想はどちらもはずれた。大はずれだった。

おじさんは笑っていないし、杉本さんは泣いていない。ふたりとも無言で、相手を見つめて立ちすくむばかりだ。

おじさん、なにか言ってよ、と千春は念じる。せっかく杉本さんが会いにきてくれたのに。映画《えいが》の世界では、お姫様《ひめさま》の氷は王子様のキスでめでたく溶《と》けたけれど、おじさんは自力で動くしかない。

魔法《まほう》は、千春の思いもよらなかった方法で解《と》けた。

「あぁー」

静まり返っていた店内に、大きな声がとどろいたのだった。次いで、ベビーカーががたがたとゆれはじめた。

皆《みな》がいっせいに、ベビーカーに注目した。千春も俊太も、杉本さんも、おじさんも。

手すりとベルトでシートにしっかりと固定されたのんちゃんが、じたばたと手足を動かしていた。

杉本《すぎもと》さんがベビーカーの横にしゃがみ、娘《むすめ》をのぞきこんだ。のんちゃんがいよいよ激《はげ》しく足をばたつかせ、両手で前の手すりを乱暴《らんぼう》にたたき出す。ベビーカーから降《お》りたいようだ。あー、あー、とくり返す声も、どんどん大きくなっていく。

杉本さんは腰《こし》を伸《の》ばし、ぐるりと店内を見まわした。それからもう一度かがんで、ベビーカーのベルトの留《と》め金《がね》に手をかけた。暴《あば》れていたのんちゃんが、こちらも魔法《まほう》がかかったかのように動くのをやめて、ぴたりと黙《だま》った。

床《ゆか》に下ろしてもらったのんちゃんの姿《すがた》は、作業台の陰《かげ》にすっかりかくれてしまった。台よりも背《せ》が低いのだ。千春たちの立っている位置からは、黄色い毛糸の帽子《ぼうし》のてっぺんについている、もこもこしたぼんぼりの先しか見えない。千春と俊太《しゅんた》はどちらからともなく、壁伝《かべづた》いにかに歩きで横へずれた。

四歩目か五歩目で、のんちゃんの全身が視界《しかい》に入った。上機嫌《じょうきげん》で歩いている。

歩くといっても、なんの支《ささ》えもなくひとりで歩くのはまだむずかしいらしく、作業台の側面に片手《かたて》をついて進んでいる。台の上までは手が届《とど》かないから、危《あぶ》ないことはなさそうだ。おぼつかない、それでいてはずむような足どりで、少しずつ千春たちのほうへと近づいてくる。一歩を踏《ふ》み出《だ》すたびに、帽子《ぼうし》のぼんぼりがひょこひょことゆれる。

「あぁー」

たった一語で、喜怒哀楽《きどあいらく》をもれなく表現《ひょうげん》できるのがすごい。

娘《むすめ》の後ろを、杉本さんがゆっくりとついてくる。おじさんも作業台の反対側から、ふたりの動きを――のんちゃんのことは帽子しか見えていないだろうが――目で追っている。

足もとに集中していたのんちゃんは、作業台の角までたどり着いたところで、ぱっと顔を上げた。

壁際《かべぎわ》の千春たちに気づき、みるみる顔をこわばらせる。そういえば、この子は人見知りだと杉本さんが前も言っていた。他人から見られていると意識《いしき》すると、緊張《きんちょう》してしまうらしい。軽やかに動いていた足もとまっている。

千春は目をそらし、気配を消すように努めた。となりの俊太もじっと動かない。杉本さんが娘《むすめ》の肩《かた》に手を置いた。

のんちゃんはしばらく千春たちをじろじろと観察し、危険《きけん》はないと判断《はんだん》したのか、またよちよちと歩き出した。右手をあいかわらず作業台にそえ、左手はバランスをとるように体の真横に広げて、慎重《しんちょう》に角を曲がる。

千春はひとまず息をついた。小さな背中《せなか》が、次の角をめざして歩いていく。よく見たら、左手にまるい積み木を握《にぎ》っている。たしか、このあいだも大事そうに持ち歩いていた、お気に入りだ。

おじさんはさっきと同じ場所にぼんやりと突《つ》っ立《た》っている。大丈夫《だいじょうぶ》かな、と千春は少し心配になった。のんちゃんがこの調子で次の角を曲がったら、真正面におじさんがぬっとあらわれることになる。さっきみたいにその場から動けなくなるか、こわがって泣いてしまうかもしれない。

のんちゃんが角を曲がった。

千春の予想に反して、同じ速度で歩き続ける。口を半開きにして棒立《ぼうだ》ちになっている、おじさんのほうへむかって。

おじさんの手前で、のんちゃんは立ちどまった。

「あー、あー」

勇ましいおたけびとともに、左手を振《ふ》りあげる。

おじさんに積み木を渡《わた》すつもりなのかと千春は思ったが、ちがうようだった。腕《うで》をまっすぐ頭上にかざし、左右にゆらゆらと振っている。自慢《じまん》の遊び道具を見せびらかしているのだろうか。

「ああー」

のんちゃんが満足そうに低くうなり、だしぬけにこっちを振りむいた。右手が作業台から離《はな》れ、体がぐらりとかたむいた。

危《あぶ》ない、と千春が声を上げるよりも先に、杉本《すぎもと》さんがさっとひざまずき、よろめいたのんちゃんを抱《だ》きとめた。わきの下に手を差し入れて抱《かか》えあげる。抱っこされた娘《むすめ》のほうは、いったいなにが起きたのかよくわかっていないようで、目をぱちくりさせている。

それからおじさんも、ぱちぱちとまばたきをしていた。

千春は再《ふたた》び息をつめた。のんちゃんのおかげで、父娘《おやこ》の距離《きょり》はかなり縮《ちぢ》まっている。

今度こそ、会話がはじまるかもしれない。

おじさんがまばたきをやめて、一歩前へ踏《ふ》み出《だ》した。杉本《すぎもと》さんは動かない。のんちゃんは母親の首に手をまわし、にこにこしている。

真剣《しんけん》なおももちで、おじさんが口を開いた。

「すまなかった」

おなかの底からしぼり出したような声だった。

杉本さんは返事をしなかった。そのかわり、おじさんをじっと見て、こくりとうなずいた。

それで全部だった。

杉本さんはくるりとまわれ右をした。あっけにとられて眺《なが》めている千春たちの前もさっさと通《とお》り過《す》ぎ、作業台のまわりをめぐって、ベビーカーをめざした。

途中《とちゅう》で、一度だけ立ちどまった。十秒だったか、二十秒だったか、杉本さんは作業台の上に目を落としていた。視線《しせん》の先には、赤《あか》ん坊《ぼう》の写真が入ったふたつのフォトフレームが置いてあった。

杉本さんがお店を出ていってしまうと、千春たちはおじさんに駆《か》け寄《よ》った。

「ねえ、行っちゃったよ」

俊太《しゅんた》がおじさんの腕《うで》をつかんでゆさぶった。

「おじさん、いいの？　杉本さん、せっかく来てくれたのに」

千春も言った。おじさんはぼうっとした表情《ひょうじょう》でふたりを見下ろし、ああ、と声をもらした。

「きみら、知ってたのか」

千春は俊太と顔を見あわせた。

さらにくわしく事情を問いただされるかと思ったけれど、おじさんはそれ以上なにも聞かなかった。おだやかな顔つきに、千春は少し安心した。杉本さんが来てくれたことを、おじさんが喜んでいるのがわかったから。

「どうしてなんにもしゃべらなかったの？」

俊太が遠慮《えんりょ》がちにたずねた。それは千春も知りたい。

「まあ、むこうもだけどさ。挨拶《あいさつ》くらいしてくれたっていいのに。こんにちは、とか、さよなら、とか」

「さよなら、か」

おじさんが小さく笑った。

「おれもさよならは言わなかったな。ミホコと最後に会ったとき」

杉本《すぎもと》さんの下の名前は、ミホコというらしい。

「大きくなったなあ、あいつ」

父娘《おやこ》が顔を合わせるのは、二十年以上ぶりだという。離婚《りこん》が成立し、妻《つま》が娘《むすめ》をひきとってからは、一度も会っていなかった。

「うちの嫁《よめ》さんは、とってもしっかりした、公平なひとでね。ミホコと会いたくなったらいつでも連絡《れんらく》してくれって言った。だけど、おれは会わなかった」

おじさんはぶるんと首を振《ふ》って、うつむいた。

「合わせる顔がなかったからな」

ぼそりと言い足し、丸椅子《まるいす》に腰《こし》を下ろす。

「ええと、どこから話そうかな。まあ、きみらも座《すわ》って」

千春と俊太《しゅんた》もおじさんのそばに椅子をひっぱってきて腰かけた。おじさんがふたりを等分に見て、口を開いた。

「昔、関西で大きな地震《じしん》があったのは知ってるか？」

唐突《とうとつ》な質問《しつもん》に戸惑《とまど》いながらも、千春は首を横に振《ふ》った。となりで俊太もまったく同じしぐさをしている。

「知らないか。そうだよな、きみらが生まれるずっと前の話だもんな。当時、おれはアフリカで働いてた。単身赴任《たんしんふにん》で、嫁《よめ》さんとミホコは神戸にいた」

現地《げんち》でニュースを知ったおじさんは、仰天《ぎょうてん》して日本に連絡《れんらく》を入れた。幸い、ふたりとも無事だった。

「帰ったほうがいいかっておれは嫁さんに聞いた。そしたら、大丈夫《だいじょうぶ》だって言われた。わたしたちのことは気にしないでいいからって。正直、助かったと思った」

そのとき担当《たんとう》していた工事は、計画よりもかなり遅《おく》れていた。がんばって巻《ま》き返《かえ》さなければならない時期に、現場《げんば》を離《はな》れるのは心配だったのだ。

「ありがとう、じゃあ任《まか》せるよ、っておれは嫁《よめ》さんに言った。ミホコのことをよろしく頼《たの》む、って」

おじさんは眉間《みけん》に深いしわを寄《よ》せている。いつもの快活《かいかつ》な笑顔とは、まるで別人みたいだ。

「おれは本当にばかだった。あのとき、すぐに帰るべきだったんだ。事情《じじょう》が事情だし、仕事も何日かなら休めたはずだった。なのに、一生懸命《いっしょうけんめい》に働くのが家族のためにもなるって、勘《かん》ちがいして」

「でも、帰ってこなくていいって奥《おく》さんが言ったんでしょ？」

千春は口をはさんだ。

「言った。だけど、内心はすごく不安だったはずだ。嫁さんも、それにミホコも。たとえずっと日本にいられなくても、ひとめ顔を見るだけでも、ふたりともずいぶん元気が出たと思う」

おじさんはため息をついた。

「嫁さんはおれに気をつかって、帰ってきてほしいって言わなかった。いや、言えなかったんだ。そういう性格《せいかく》なんだよ。ちょっと考えれば、すぐにわかることだ。なのに、おれは考えようとしなかった。忙《いそが》しいのを言《い》い訳《わけ》にして、嫁さんに甘《あま》えた」

それをきっかけに、物理的な距離《きょり》ばかりか、たがいの心まで遠ざかってしまった。あれこれあって、夫婦《ふうふ》が離婚《りこん》することになったのは、およそ一年後のことである。

「そのとき、ミホコは小五だった」

千春は小さく息をのむ。わたしたちとおんなじだ。

「はじめは、おれのことをけっこう恨《うら》んでたらしい。そりゃ恨むよな、そんな大変なときに放ったらかしにされて」

想像《そうぞう》してみる。もしも大きな地震《じしん》があって、お父さんがたまたま仕事で家を空けていたとしたら、千春だって心細いだろう。それも当日だけではなく、その先も長いこと帰ってきてくれなかったとしたら。

「あいつ、最後に会ったときも、ほとんど口をきかなかった。しかたないよな、悪いのはおれだ。だから決めた。ミホコのほうから会いたいって言ってもらえない限《かぎ》り、連絡《れんらく》するのはよそうって」

おじさんは力なく笑う。

「でもやっぱり、心の底ではあきらめきれてなかったんだな。いつかまた会えるって信じて、さよならは言わなかった。もともと、さよならって言葉は苦手なんだよ。なんかこう、さびしくないか？　一生の別れみたいで」

そう言われて思い返してみれば、千春もおじさんに「さよなら」と声をかけられたことは一度もない。別《わか》れ際《ぎわ》、おじさんはいつも、さよなら以外の言葉を使っている。じゃあな、とか、また今度、とか。

「じゃあまたな、元気でな、って言って、おれはふたりと別れた。ミホコには返事してもらえなかったけど」

その後も、数年に一度、別れた奥《おく》さんから連絡《れんらく》が入った。ひとり娘《むすめ》が進学や卒業、就《しゅう》職《しょく》や結婚《けっこん》といった人生の節目《ふしめ》を迎《むか》えるたび、律儀《りちぎ》に報告《ほうこく》してくれた。

「何度も言うようだけど、公平なひとなんだよ。いつだったかな、あの子ももうあなたのことを怒《おこ》ってないよ、ってなぐさめてくれたこともある。おかげで、だいぶ気が楽になった」

妻《つま》は適当《てきとう》な気休めやごまかしを口にするような性分《しょうぶん》ではない。彼女《かのじょ》の言うとおり、娘《むすめ》はもう父親のことを怒《おこ》ってはいないのだろう、とおじさんは解釈《かいしゃく》した。しかしながら、会いたいとも思ってはいない。公平な妻のことだから、もし娘が父親と会いたい――もしくは、会ってあげてもいい――という気になったとしたら、そのようにとりはからってくれるはずだった。

そんなわけで、父と娘が顔を合わせる機会はないまま、二十数年が過《す》ぎた。

「去年の年末に、嫁《よめ》さんが手紙をくれたんだ。孫が産まれたって、写真もいっしょに。ほら、それ」

おじさんがフォトフレームを目で示《しめ》し、言いそえた。

「右のほうな」

「右？」

千春は思わず聞き返した。

「じゃあ、左は？」

「それはミホコ。似《に》てるよな、さすが親子だ」

写真が送られてきたのは、おじさんにとっては予想外だった。昔、娘《むすめ》が中学生のころに、最近の写真を送ってもらえないかと頼《たの》んで断《ことわ》られたことがあったからだ。奥《おく》さんが言うには、お父さんに写真をあげてもいいかと娘に確認《かくにん》したところ、同意を得られなかったという話だった。

「いくら親でも、本人の意思を無視《むし》するわけにはいかないって言うんだよ」

とはいえ今回は、おじいちゃんに写真を送ってあげてもいいか、と赤《あか》ん坊《ぼう》に質問《しつもん》するわけにもいかない。

奥さんは、孫のかわりに、保護者《ほごしゃ》である娘に意見を求めることにした。特に反対されませんでした、あの子も親になって少し心境《しんきょう》が変わったのかもしれません、と手紙にはしたためられていた。

「最初は、写真をもらえただけでもうれしかった。でも、毎日眺《なが》めてるうちに、だんだん実物も見たくなってきて」

おじさんはいとおしげにフォトフレームを見つめている。

「この子と、それから、母親になったミホコの」

ちょうど、手がけている仕事が年内で一段落《いちだんらく》して、いったん日本に帰ることになっていた。次の配属先《はいぞくさき》は、年が明けてから上司とも話しあった上で決まるはずだった。つまり、次の年の予定はまだなにも入ってなかった。

「絶妙《ぜつみょう》のタイミングだった。そんなことってめったにないからな。ふつうは、今やってる工事が終わるより前に、次の行き先の話が進んでる。少なくともおれは、入社以来ずっとそうだった」

この機会にしばらく日本でゆっくり過《す》ごすのもいいかもしれない、とおじさんは考えた。科学者の端《はし》くれとして、運命だの神の導《みちび》きだのはおおむね信じていないけれど、この偶然《ぐうぜん》には心が動いた。

礼状《れいじょう》を書くという名目《めいもく》で、おじさんは奥《おく》さんに娘《むすめ》の住所を教えてもらった。訪《たず》ねていくつもりだと打ち明けるつもりはなかった。もしそんなことを言ったら、奥さんは娘の意思を確認《かくにん》するにちがいない。

「ミホコに知られて、拒絶《きょぜつ》されるのがこわかった」

おじさんは小さな声で言う。

「それくらいなら、なんにも言わずにおいて、遠くからそっと姿《すがた》を見るだけでいいと思ったんだ」

そのようにして、おじさんはこの街へやってきた。

春から夏にかけて、おじさんは何度か杉本邸《すぎもとてい》を訪《おとず》れた。娘《むすめ》や孫の姿も、無事に見ることができた。

「元気そうだし、幸せそうだった。月に一度か二度でも様子を見られたら、それで満足だった。でも」

おじさんは言葉を切り、千春と俊太《しゅんた》に目をむけた。

「でも、きみらと出会った」

長い思い出話に聞き入っていた千春は、ぽかんとしておじさんを見つめ返した。どうしてここでわたしたちが出てくるんだろう?

「楽しかった。学校の話を聞いたり、悩《なや》みを相談してもらったり、いっしょに発明品を作ったり。本当に、楽しかった」

おじさんは目を細めている。

「楽しければ楽しいほど、ミホコのことを考えずにはいられなかった。今の、おとなのミホコじゃなくて、子どものころのな。きみらと仲よくなったのと同じように、おれとミホコも仲よくなれたかもしれない。いや、きっとなれたはずだ。それなのに、おれがしっかりしてなかったばっかりに、その可能性《かのうせい》をつぶしちまった」

ゆっくりと首を振《ふ》る。

「ミホコもなあ、小さいうちは、おれになついてたんだよ。おれが日本に帰ってるあいだは、ずうっとべったりだった。おもちゃなんかも、よく手作りした。今日、あの子が持ってた積み木、見たか？　あれもおれが昔作ったんだよ」

おじさんがなつかしげに言った。

「そうだったんだ」

千春はつぶやいた。ミホコさん――もはや、杉本さん、と呼《よ》ぶよりもこっちのほうがしっくりくる――は、お父さんに作ってもらった積み木を大事に保管《ほかん》していたということになる。

秋がはじまるころには、このままではいけないとおじさんは考えるようになっていた。

「きみらを見てると、だんだん自分が情《なさ》けなくなってきてね。えらそうに相談に乗ったりしてるけど、お前自身はどうなんだよってな。親とちゃんと話せって説教しといて、自分の娘《むすめ》とは正面からむきあえてないんだから」

ここそこ見ているだけではなく、直接《ちょくせつ》話しかけようと決意して、何度も何度も家の前まで足を運んだ。しかし、いざとなったらどうしても勇気が出なかった。

「実は、もう半分あきらめかけてたんだ」

それは、千春たちも予想していたことだった。

「もしも今日こうしてミホコが来てくれなかったら、話せないままになってたかもしれない」

「よかった」

千春は心から言った。

「よかったよ、けど」

俊太《しゅんた》が不満そうに後を継《つ》ぐ。

「ひさしぶりに会えたのに、ほとんどしゃべってなかったよね？　おじさんがあやまって、杉本《すぎもと》さんがうなずいただけでしょ？」

「いいんだよ。あれで十分だ。おたがいに、言いたいことは伝わった」

おじさんがうなずき、口調をあらためた。

「ところで、きみらはどうしてミホコの苗字《みょうじ》まで知ってるんだ？」

今度は千春たちが話す番だった。

なにもかも正直に打ち明けた。おじさんを尾行《びこう》したこと、公園でミホコさんが出てくるのを待ちぶせしたこと、やっと本人をつかまえて直談判《じかだんぱん》したこと。特に、ミホコさんにかかわることはおじさんも気になるだろうから、杉本家のリビングの様子や、どんな会話をしたかも、思い出せる限《かぎ》り丁寧《ていねい》に説明した。

おじさんは興味《きょうみ》深げに耳をかたむけていた。全然気づかなかった、とか、きみら頭いいな、とか、度胸《どきょう》もある、とか、ときどき感想をもらした。

千春と俊太がかわるがわる話し終えると、おじさんはいきなり立ちあがった。ふたりにむかって、深々と頭を下げる。

「いろいろありがとう。全部ふたりのおかげだ。きみたちが、虹《にじ》の橋《はし》をかけてくれた」

千春は俊太《しゅんた》を横目で盗《ぬす》み見《み》た。俊太が小さく首を振《ふ》った。

「おじさん、虹の橋ってなに？」

千春が質問《しつもん》したら、おじさんは首をかしげた。

「あれ、知らないか？　これもことわざだよ」

右手をなめ上に伸《の》ばして、宙《ちゅう》に弧《こ》を描《えが》いてみせる。

「虹って、橋みたいなかたちをしてるだろ。ふつうの橋だったら、むこう岸がどこなのか知ってて渡《わた》るけど、虹は、その先にどんな場所があるかわからない。だから、未知の世界を教えてくれる、っていうような意味になる」

青空にかかった巨大《きょだい》な七色の虹を、千春は思《おも》い浮《う》かべてみた。

それをいうなら、千春だって、おじさんに虹の橋をかけてもらったことになる。そう言おうかと思ったけれど、なんだか照れくさくなって、やめておいた。


その後、ミホコさんは一度もお店にあらわれなかった。おじさんも言っていたように、一度会っただけで満足できたのだろうか。せっかく同じ街に住んでいるのに、もったいない気もするものの、おじさんがこれでいいと言っている以上、いいのだと千春も思うことにした。さよならを言わなかったから、いつかまた気がむけば来てくれるかもしれない。

ふた月半しかない三学期は、あっというまに過《す》ぎてしまった。四月からは千春もいよいよ六年生になる。

終業式の日、千春は学校の帰りにお店へ寄《よ》った。図工の成績《せいせき》が上がったので、おじさんにお礼を言うつもりだった。三学期の授業《じゅぎょう》で、木箱に好きな図案を彫《ほ》ることになって、彫刻刀《ちょうこくとう》を扱《あつか》うコツを教えてもらったのだ。完成した箱も持って帰ってきたから見せられる。ふた一面に、お店の床《ゆか》にのんびり寝《ね》そべっているミルクの姿《すがた》を彫った。われながら力作だ。

おじさんはいなかった。

ここ最近ではめずらしいことだった。二月から三月にかけて、おじさんはいつになく忙《いそが》しそうに働いていた。千春の知る限《かぎ》り、お店もほとんど毎日開いていた。

店内は暗い。ヤエさんの姿《すがた》も見えない。おじさんは配達中だろうか。ひょっとして、ミホコさんのところに行ってるのかな、と千春はちらりと考えた。会えないのは残念だけど、それならそれでうれしい。

もと来た道を引き返そうとして、なにげなくお店の入り口に顔をむけた拍子《ひょうし》に、見慣《みな》れないものが目に入った。

吸《す》い寄《よ》せられるように、千春は引き戸に近づいた。貼《は》り紙《がみ》だった。ととのった筆文字で〈アルバイト急募《きゅうぼ》〉と書いてある。アルバイト、急募。アルバイトを、急いで、募集《ぼしゅう》している。それがなにを意味しているのか、のみこむまでに少し時間がかかった。のみこめた次の瞬間《しゅんかん》に、千春は駆《か》け出《だ》していた。

こんなに全力で走るのは、運動会のリレー以来かもしれない。いや、あのときだって、ここまで必死じゃなかった。

二、三分で駐車場《ちゅうしゃじょう》に着いた。見慣《みな》れたおんぼろの軽トラックがひっそりととまっているきりで、ひとけはない。まわれ右して、お店のほうへと駆けもどる。先ほどと同じく、暗く静まり返っている店先を素通《すどお》りし、通学路に出る。

ちらほらと下校中の子たちにすれちがう。けげんそうに見られたけれど、気にしている余裕《よゆう》はなかった。校門の前も通《とお》り過《す》ぎ、駅まで走り、ロータリーをぐるりと一周する。いくつものバス停に列ができ、駅舎《えきしゃ》から大勢《おおぜい》の人々があふれ出てくる。でも、おじさんはいない。

息がきれてきた。だんだん重くなってきた足をひきずり、千春はバス通りに沿《そ》って図書館へむかった。館内に入ると、ほてった体が暖房《だんぼう》に包まれて気分が悪くなった。早足でおとなの書架《しょか》を見てまわる。やっぱり、おじさんはいない。

玄関《げんかん》を出て、裏《うら》の遊歩道にまわる。誰《だれ》もいない。おじさんも。

空っぽのベンチに、千春はよろよろとへたりこんだ。おじさんとここに座《すわ》って話した、半年ほど前の夏の日が、何年も昔のことのように感じられる。暑くて、陽ざしが強くて、頭上には桜《さくら》の葉がみっしりと茂《しげ》っていて――やかましいせみの声が耳の奥《おく》によみがえってきたところで、はっと思い出した。

千春は最後の力を振《ふ》りしぼり、家をめざして走った。

出迎《でむか》えてくれたお母さんにただいまを言うのもそこそこに、自分の部屋に駆《か》けこんだ。ランドセルと、木彫《きぼ》りの箱が入った手さげかばんを床《ゆか》に放り出し、勉強机《べんきょうづくえ》の一番上のひきだしを開ける。奥《おく》のほうにしまってあった、小鳥のかたちをした笛をつかんで、また部屋を飛び出した。

クルピだ。

会いたい誰《だれ》かを思《おも》い浮《う》かべて吹《ふ》けば、相手が離《はな》れたところにいても音が届《とど》くという、不思議な笛だ。

クルピを片手《かたて》に握《にぎ》りしめ、千春はおじさんの店まで駆けつけた。前の道にも、店の中にも、あいかわらず人っ子ひとりいない。乱《みだ》れた息を深呼吸《しんこきゅう》でととのえ、クルピを両手で持ち直して、くちびるにあてる。

素朴《そぼく》な音が、鳴りはじめた。

おじさん、聞こえる？　どこにいるの？　早くもどってきて。さよならを言うのがさびしいからって、突然《とつぜん》いなくなっちゃうなんて、ひどいよ。

夢中《むちゅう》でクルピを吹きながら、左右を見まわす。おじさんはあらわれない。吐《は》く息に、さらに力をこめる。のどが苦しい。頭も痛《いた》い。

千春はいったんクルピから口を離《はな》して、大きく息を吸《す》いこんだ。まぶたがじんじんと熱く、胸《むね》がどきどきする。目尻《めじり》ににじんだ涙《なみだ》を指先で拭《ぬぐ》い、クルピをかまえ直したとき、背後《はいご》から足音が聞こえてきた。

勇《いさ》んで振《ふ》りむいて、地面にしゃがみこみそうになった。小道の先から駆《か》けてきたのは、俊太《しゅんた》だった。

「長谷川」

顔を赤く染《そ》め、ぜえぜえ息をきらしている。

「おじさん、見た？」

背中《せなか》をまるめて両手をひざにつき、とぎれとぎれに言葉を継《つ》ぐ。

「いないんだ。このへん、捜《さが》して、みたんだ、けど」

俊太も貼《は》り紙《がみ》を見て、千春と同じことを考えたようだ。千春はのろのろと首を横に振った。

「なにそれ？」

顔を上げた俊太が、千春の手もとを指さした。

「鳥?」

答えるかわりに、千春はクルピを口にあてた。俊太《しゅんた》は目をまるくして、千春を見つめている。

おじさん、ちゃんと聞こえてる?

泣きそうになるのをがまんして、千春はひたすら笛を吹《ふ》く。静かな路地に、可憐《かれん》な音が響《ひび》きわたる。

ねえおじさん、会いたい誰《だれ》かを思《おも》い浮《う》かべて吹けば、この音は相手に届《とど》くって言ったよね? さっきからずっと、おじさんのことだけを考えて吹いてるのに、どうして来てくれないの?

頭の中でおじさんに文句《もんく》を言ったところで、どきりとした。

おじさんは、相手にクルピの音が聞こえる、と言ったのだった。そのひとが会いにきてくれる、ではなくて。

千春はクルピを持った手をだらりと下げた。

「なあ、長谷川」

もどかしげに言いかけた俊太が、不意に口をつぐんだ。首を伸《の》ばし、きょろきょろとまわりをうかがっている。

「あれ?」

千春にも、聞こえた。息をつめて、じっと耳をすます。

ついさっきまで、千春のクルピが奏《かな》でていたのとそっくりな音が、どこからか風に乗って流れてくる。鳥の鳴き声とも似《に》ているけれど、ちょっとちがう。もう少し低くて、鋭《するど》くて、くっきりと澄《す》んでいる。なぜだか、とてもなつかしい感じがする。

袖口《そでぐち》でぐいぐい目もとをこすってから、千春は再《ふたた》びクルピを吹《ふ》きはじめた。ふたつの音色がまじりあい、やわらかい和音になって、そよ風に溶《と》けていく。

アルバイト急募

瀧羽麻子（たきわ　あさこ）

1981年兵庫県生まれ。京都大学卒業。2007年『うさぎパン』で第2回ダ・ヴィンチ文学賞大賞を受賞。著書に『株式会社ネバーラ北関東支社』『左京区七夕通東入ル』『左京区恋月橋渡ル』『左京区桃栗坂上ル』『ぱりぱり』『サンティアゴの東 渋谷の西』『松ノ内家の居候』『乗りかかった船』『ありえないほどうるさいオルゴール店』などがある。

今日マチ子（きょう　まちこ）

東京都生まれ。漫画家。2006年〜2007年に『センネン画報』で文化庁メディア芸術祭「審査委員会推薦作品」選出。2014年『みつあみの神様』などで手塚治虫文化賞新生賞、2015年『いちご戦争』で日本漫画家協会賞・カーツーン部門大賞受賞。著書に『みかこさん』『cocoon』『U』『アノネ、』『百人一首ノート』『猫嬢ムーム』などがある。

参考文献
『誰も知らない世界のことわざ』
エラ・フランシス・サンダース／著　前田まゆみ／訳（創元社）

この作品は、2017年7月〜2018年3月、Kaisei Webに連載された「たまねぎとはちみつ」を加筆・修正し、単行本化したものです。

たまねぎとはちみつ

発　行　2018年12月1刷　2021年10月2刷

著　者　瀧羽麻子
画　家　今日マチ子
発行者　今村正樹
発行所　偕成社
〒162-8450 東京都新宿区市谷砂土原町3-5
TEL.03-3260-3221（販売部）　03-3260-3229（編集部）
http://www.kaiseisha.co.jp/
印　刷　三美印刷株式会社
製　本　株式会社 常川製本

NDC913　276p.　20cm　ISBN978-4-03-727310-1

いいたいことがあります!

魚住直子

小学六年生の陽菜子は、母から勉強も家事もするようにいわれるが、部活が忙しい兄は家事を一切やらない。納得のいかない陽菜子の前に、ある日、ふしぎな女の子があらわれる。

きみの声を聞かせて

小手鞠るい

声のでなくなった中学生の葉香、アメリカ在住のピアノを弾く高校生、海渡。二人はネットで知り合い、音楽と詩の交換を始める。交流が続くうちに少女は少年の本当の姿を知ることになる。

地図を広げて

岩瀬成子

お母さんが亡くなって、弟の圭と四年ぶりにいっしょに暮らすことになった鈴。離れていた時間のこと、母親との思い出。たがいを思いながら、手探りでつくる新しい家族の日々。